AF221400

Tausend Wasser und Tod

Eine Erzählung von Christina Corente

Bibliografische Information der Deutschen Nationalbibliothek: Die Deutsche Nationalbibliothek ver-
zeichnet diese Publikation in der Deutschen Natio-
nalbibliografie; detaillierte bibliografische Daten sind
im Internet über dnb.dnb.de abrufbar.

© 2022 Christina Corente

Sämtliche Zeichnungen sind von Christina Corente.

Bild vorderer Umschlag von Pixabay kookay Udo,
mit Dank

Bild Rückseite Umschlag von Pixabay bess.hami-
ti@gmail.com, mit Dank

Herstellung und Verlag: BoD – Books on Demand,
Norderstedt

ISBN: 978-3-7562-1213-2

Alle Menschen und Tiere, die in diesem Buch eine
Rolle spielen, existieren nur zwischen diesen Seiten.

Für Verlorene, die nichts verloren geben.

Auf Rheinfahrt

Ein einziges Mal nur kam der Tod direkt an Bord.

Noch am Vortag hatte Ellen Partridge, eine hochgewachsene Britin schwer bestimmbaren Alters (oder war sie US-Amerikanerin? Hanne wusste es gar nicht), ihr für ein hübsches Sümmchen die Zukunft vorhergesagt. Es hatte nicht den geringsten Hinweis darauf gegeben, dass man die Wahrsagerin selbst heute morgen leblos in ihrer Kabine auffinden würde. Doch genau so war es gekommen. Ein Schock, nach dem Hanne von Hardenbeck nun stockbleich an der Reling des Oberdecks der 'Loreley' lehnte und sich dort Güterzug für Güterzug um die Ohren donnern ließ. Diese bretterten gefühlt im Minutenabstand vorbei, von den Hochufern des Flusses noch schallverstärkt.

Es war nicht bloß der Lärm schuld, dass die Rhein-Dampferfahrt in diesem Sommer 2004 zur Pleite geriet. Da war ja auch noch Hannes überspannte Freundin „Sue", die neuerdings jedem Sanktionen androhte, der sie weiterhin Suse nannte. Darüber konnte Hanne zwar nur den Kopf schütteln, hätte es als einzigen Ärger aber gerne hingenommen.

Jetzt jedoch stand Suse – *Pardon, Sue!* - plötzlich mit krauser Stirn vor ihr und nahm den Bügel der Sonnenbrille aus dem Mund: „Wie, verschieden? Wie kann man denn bitte einfach so verscheiden? Quietschfidel war die gestern noch! Also hat die – du! Die hat sich doch umgebracht, hat die sich!"

Hanne wandte sich von ihr ab und schaute auf das Wasser zu ihren Füßen. Es glitt schwindelerregend schnell dahin, ein Eindruck, den sicher noch verstärkte, dass sich das Schiff seinen Weg stromaufwärts bahnte und Kahn und Fluten somit aneinander vorbeirauschten. Was hatte doch neulich jemand über den Rhein erzählt? Dass der Strom bis vor zweihundert Jahren in zahllosen Flussarmen mit lauter Inseln dazwischen friedlich durch ein sehr breites Bett mäandert war, bis man ihn, technisch sicher eine Meisterleistung, zu den korsettierten Wassermassen gemacht hatte, auf die sie nun hinabblickte. Keinem Ärmchen war es mehr vergönnt, aus dem mächtigen Wasserkörper auszuscheren.

Vielleicht gab ihr das die nötige Kontrolle zurück, jedenfalls wandte sich Hanne nun schon weniger blass wieder an ihre Freundin. „Verschieden – so hat es der Kapitän eben ausgedrückt. Verstorben eben. Tot, nehme ich an. Hat er gesagt, nicht ich! Und was los war, wusste er auch nicht. Wir möchten die Ruhe bewahren."

Sie sprach diese Worte zu ihrem Erstaunen in eine ganze Reihe von Gesichtern. Unbemerkt von Hanne hatten sich Bruce und Jenna Lewis aus Idaho zu Suse gesellt, ein ihnen inzwischen vertrautes amerikanisches Touristenehepaar. Jenna kam Hanne immer vor wie das Paradestück einer Sammlung Oldtimer. Stets äußerst sorgfältig zurechtgemacht, bewegte sie sich kaum und wenn, dann mit aller Vorsicht. Ihr Mann Bruce erklärte einem immerfort die Welt, wobei ihm jedes Wort schwer über den Gaumen rollte. Ohne die eklektische Ruhe dieser beiden hätte Hanne auf dieser Fahrt sicher schon längst die Geduld verloren.

Als Bruce eben ansetzte, um die Lage zu kommentieren, schob ihn Suse unsanft beiseite, um Hanne auf den letzten freien Stuhl zu nötigen, nach dem ein weiterer Herr gerade hatte greifen wollen. Sichtbar vor den Kopf gestoßen, entfernte sich Suses Liebhaber der vergangenen Nacht wieder und Hanne blieb nichts weiter übrig als auf den Stuhl zu plumpsen und Suse einen bitterbösen Blick zuzuwerfen.

Su-se! Was hatte sie sich doch in dieser weltläufig wirkenden Person getäuscht, die sie seit der gemeinsamen Schulzeit ihrer beider Kinder kannte und welche sie fünf Jahre zuvor zu einer unvergesslichen Elbkreuzfahrt überredet hatte.

Eine Zeitlang hatte Hanne noch viel Mitgefühl für die Mutter einer unförmigen Tochter namens Claire und eines betuchten, aber kaum greifbaren Ehemannes aufgebracht. Mittlerweile war ihr längst klar, wie froh die beiden jedes Mal sein mussten, die rastlose Dame des Hauses eine Weile los zu sein.

Wie ein Teenager gab sich Suse auf ihren Reisen Liebesräuschen hin, die sie bei Tagesanbruch auf der Stelle wieder vergaß. Und das mit über sechzig. Zwar erwähnte Suse ihr Alter nie und wand sich aus allen Fragen danach heraus, aber Hanne kannte sie nun lange genug und konnte rechnen.

Zu allem Überfluss kam Hanne dabei die Verstorbene wieder in den Sinn. Deren Kabine grenzte an Suses und so hatte mit ziemlicher Sicherheit Lustgeschrei der armen Ms Partridge in ihrer letzten Stunde im Ohr geklungen (ein Grund, aus dem Hanne vorsorglich viel Raum zwischen ihren Kabinen eingefordert hatte).

In diese Vorstellung lachte Suse nun auch noch ordinär hinein und warf den blondierten Schopf in den Nacken. Dies war endgültig die letzte Schiffsreise, die sie gemeinsam unternahmen, schwor sich Hanne, allen Vorhersagen der toten Hellseherin zum Trotz. Jene hatte das Schiff bereits ohne Aufsehen, – von Bruce aus Idaho aber gleichwohl bemerkt – , in einem gemessen an ihrer Körpergröße verblüffend kurzen Sarg verlassen, von ein paar unauffällig gekleideten Herren frühmorgens ans Ufer gehievt.

Plötzlich begann es in Hannes Herzgegend zu rumoren. Es dauerte eine Weile, bis sie begriff, dass dies von ihrem Mobiltelefon herrührte, welches in ihrer Brusttasche vibrierte. Reflexhaft nahm sie den Anruf entgegen, nur um das im selben Moment zu bereuen. „Mamma?" schallte es vorwurfsvoll aus dem Hörer und sofort sah Hanne das konzentrierte Mausgesicht

5

ihrer Tochter Caro vor sich. Caroline war eine hübsche 38-Jährige mit lebhaften Augen, die unter einem dichten Pony hervorleuchteten. Ihre scharf geschnittenen Gesichtszüge verliehen ihrem Profil Klasse, ließen sie aber zugleich immer ein bisschen verkniffen aussehen.

Damit entsprach das Äußere von Hannes Tochter ziemlich exakt deren Seelenlage. Von Natur aus umtriebig, verbrachte Caro die Tage im wesentlichen damit, ihren vielen Pflichten hinterher zu laufen, von denen die meisten selbst auferlegt waren. Dass sich ihr Programm nicht bewältigen ließ, lastete sie ihrer Umgebung an, die das Leben in ihren Augen viel zu locker nahm. Folgerichtig hielt sie nicht das geringste von den Schiffsreisen ihrer Mutter in Begleitung einer liebestollen Freundin (Hanne bedauerte bereits, sich bei ihrer Tochter über Suses Eskapaden ausgelassen zu haben).

In Caros Welt hatte eine Großmutter jeden freien, mithin also jeden verfügbaren Moment zum Hüten der Enkel zu nutzen, so dass sie selbst den Rücken frei bekam für all die Anstrengungen, die es kostete, ihren inzwischen geradezu großbürgerlich anmutenden Alltag zu organisieren.

An dieser Haltung waren Hanne und ihr zweiter Ehemann Klaus nicht ganz unschuldig, seit sie ihre

Hamburger Villa mit Elbblick – von Hanne insgeheim *der Kasten* getauft - vor ein paar Jahren gegen das Reihenmittelhäuschen von Caro und ihrem Mann Gero in einem weit bescheideneren Stadtviertel eingetauscht hatten.

Seither fühlten sich die jungen Leute berufen, ihr großes Haus herrschaftlich zu füllen, was einen nie mehr versiegenden Schlund an Arbeit und Kosten nach sich zog. Wen das repräsentative Anwesen beherbergte, dem schien es unablässig Klavierstunden für die Kinder, Wohltätigkeitsempfänge mit Blaubeerkuchen und dergleichen mehr abzunötigen. Hanne, die ein schlechtes Gewissen hatte, weil sie wusste, was das mit einem Menschen machte und sie deswegen nicht ohne Eigennutz dort ausgezogen war, lehnte sich mit dem Handy am Ohr auf dem Deck ihres Rheindampfers erschöpft zurück.

Dennoch schaffte sie es, indem sie die Ereignisse schilderte, Caro eine Zeitlang von ihren Klagen abzubringen. Verblüfft stellte Hanne fest, wie ihr dabei die Tränen kamen. Ihre Tochter rang derweil in Hamburg nach Luft. Es dauerte aber nicht lange, bis sich Caro wieder gefangen hatte: „Du hast doch die Frau nicht etwa schon bezahlt, Mamma?" - „Doch, natürlich habe ich das. Das macht man so. Man bekommt die Zukunft vorhergesagt und bezahlt, was es kostet." - „Aber es handelt sich doch offenbar um Scharlatanerie, wenn sie nicht einmal etwas davon ahnte, was ihr selbst passieren würde... ." - „Aber wer sagt dir denn bitte, dass sie davon gar nichts ahnte?"

Punkt für Hanne. Sie registrierte mit ein wenig Genugtuung, wie ihre Mitreisenden mittlerweile schwiegen, um dem Dialog neugierig zu folgen. Caro schwenkte um und wollte Resultate sehen. „Und, hat sie dir eure Kaffeefahrten wenigstens ausreden können?" - „Ganz im Gegenteil, mein Kind. Sie riet mir, weiterhin zu reisen!" - „Was? Wieso das denn?" - „Weil mich das über kurz oder lang zu meinen Ursprüngen führen wird." - Stille. Dann ein ärgerliches „Aber Mamma, jetzt denk doch mal nach, wer findet denn bitte auf Kreuzfahrt zu seinen Ursprüngen? Deine Wurzeln sind doch bei uns - wenigstens hoffe ich das!" - „Das kannst du hoffen, aber streng genommen bin ich ja wohl eure Wurzel."

Hannes Blick landete auf Suse, die sich vorbeugte, um besser zu hören, während wieder einmal ein Zug vorbei brauste. „Nun ja", fiel ihr Caro am Handy in gequältem Ton ins Wort. „Zumindest hatte deine Kartenleserin noch etwas von der Sache. Kann man einem Menschen ja gönnen so kurz vor seinem Tod." Dazu fiel nun wiederum Hanne nichts mehr ein.

Abends, während des Essens am Tisch im Salon unter Deck, wusste Bruce zu berichten, dass Ms Partridges Tod ein natürlicher gewesen war, den diese gegen drei Uhr morgens noch durch eine Notklingel zu verhindern versuchte, worauf der Bordarzt leider nicht rechtzeitig und sie auf seine Wiederbelebungsversuche später gar nicht mehr reagiert hatte. Dem Arzt war nichts weiter übrig geblieben, als ihren Tod festzustellen.

Alle nahmen das hin außer Suse, welche an ihrer Freitodversion festhielt, wofür sie keinen anderen Grund vorweisen konnte als ihr Gespür und in diesem Augenblick sirrte Hannes Mobiltelefon erneut.

Dieses Mal war es Klaus und seine Stimme klang noch milder als sonst, woran sie erkannte, dass er bereits mit Caro gesprochen hatte. „Was ist denn da bloß los bei euch?", erkundigte sich ihr Mann leise. „Ist denn mit dir alles in Ordnung, mein Liebes?". Wieder schossen Hanne Tränen in die Augen, nun aber, weil sie auf gar keinen Fall wollte, dass er sich Sorgen machte. Sie spielte den Vorfall, so gut es ging, herunter, bis sie ihn erleichtert aufatmen hörte.

Wie stets verlor er kein Wort über ihre Tochter, denn Simone, sein eigenes Kind aus erster Ehe, welches ebenfalls die Villa bewohnte, bot kaum leichteren Umgang als Caro. Hanne und Klaus hatten sich angewöhnt, hinsichtlich ihrer Töchter nur das nötigste zu erwähnen, um dann gleich auf sein Hobby umzuschwenken - die Kaninchenzucht. So erkundigte sie sich eilig, wie denn Bugs, der Zweite, bei der Rassenschau in Aschaffenburg abgeschnitten habe, nur um ihren Mann missmutig sagen zu hören „Ach, es lief nicht gut, auch bei Artus nicht (sein Favorit, den hatte sie vergessen) – aber das war ja abzusehen."

Trotz eigentümlich geknickt hängender Ohren sahen seine englischen „Widderchen" mit ihrem kurzen Fell und ihren schlanken Proportionen überhaupt nicht aus wie Zuchthasen. Außerhalb von Klaus' altehrwürdigen, aber kleinem Verband, fanden seine Mühen deshalb wenig Anerkennung und so gingen seine schmucken und gesunden Karnickel bei den Schauen meistens leer aus. Gerade noch rechtzeitig erinnerte sich Hanne, dass Klaus' eigener Zuchtverband im September in Hamburg ebenfalls eine Schau vorbereitete und dort würde es ganz anders ausgehen. „Genau!", meinte er wieder zufrieden „und du passt derweil schön auf dich auf!" - „Das tue ich doch immer!", bekräftigte sie und so beendeten sie getröstet ihr Gespräch.

~

Einige Monate nach Hannes Schiffsreise auf dem Rhein wurde der Fluss noch einmal Thema und zwar bei einem Abendessen, zu dem Klausens Tochter Simone die gesamte Patchworkfamilie in den Kasten einlud. Von der Straße durch dicht gedrängte Thujen hinter einem schmiedeeisernen Zaun abgeschirmt, schien die Villa selbst noch weniger an einem Wiedersehen interessiert als Hanne. Ohnehin kam es letzterer zum wiederholten Male so vor, als habe es dem Haus bereits bei seinem Bau die Laune verhagelt, weil es hier gereiht an seinesgleichen die Allee säumte statt allein ein Anwesen zu krönen, durch vorgebaute Säulen geadelt und am Ende einer langen Auffahrt, etwa so, wie man es ein bisschen weiter weg an der Elbchaussee bewundern konnte.

Simone von Hardenbeck war nie aus ihrem Geburtshaus ausgezogen und bewohnte allein das gesamte Obergeschoss, zu dem neben einem lichtdurchfluteten Wintergarten und etlichen hohen Räumen auch die prächtigere der beiden Küchen des Hauses gehörte. Dies war ein ewiger Quell des Ärgers für die unter ihr lebende Caro, Hannes Tochter, die das, an dem langen, prunkvollen Tisch zusammengesunken, ebenso offen kummervoll hinnahm wie den köstlichen Fasan, welcher in eben jener Küche zubereitet worden war. Simone, – makellos zusammengebundene dunkle Mähne, die starken Brauen im hübschen herben Gesicht stolz wie eine Piratenprinzessin zur

Schau gestellt –, servierte das Essen so beiläufig, dass man vor Neid hätte ohnmächtig werden können, sofern man dazu neigte. An den ausladenden Schritten aber, mit denen sie ihr Reich durchmaß, ließ sich für Hanne ablesen, dass es um die gegenwärtige Beziehung ihrer Gastgeberin nicht zum besten stand – falls es sie überhaupt noch gab. Nicht zum ersten Mal hätte sich Simones Auserwählter, für gewöhnlich ein Junggeselle der Hamburger Upperclass, als so unreif und launisch erwiesen, dass die Liebe daran tränen- und konfliktreich zerbrochen war. So war tatsächlich auch an diesem Abend niemand an Simones Seite zu sehen und sie selbst verlor darüber kein Wort. Das war etwas, worauf Hanne ihre Tochter in weiblicher Tücke gerne hingewiesen hätte, doch war diese zu sehr abgelenkt.

Klaus zuliebe war Hanne entschlossen, den Abend angenehm zu verbringen. Dazu lud jedoch weder das Interieur ein, ... moderne, überdimensionierte Leuchtmittel, die in den weiten Räumen scheinbar noch wuchsen und wuchtige, abstrakte Gemälde, welche durch ein raffiniertes Schienensystem gehalten *vor* den Stuckwänden schwebten..., - noch einer der übrigen Gäste, die sämtlich gleichgültige bis verdrießliche Mienen zur Schau trugen.

Hanne, die sich bei solchen Treffen immer wünschte,

unsichtbar sein zu können, spielte zuvor sogar mit dem Gedanken, ihre alte Kellnerinnen-Tracht überzustreifen, - ja, sie hätte sogar darauf gewettet, für ihre Tochter in dieser Aufmachung noch am ehesten hierher zu passen.

Doch um Klaus in seinem vormaligen Umfeld nicht bloßzustellen, hatte sie das als Scherz gleich wieder verworfen und sich für ein unauffälliges Kostüm entschieden, das keinen Moment lang mehr vorgab als überaus bequem zu sein. Ganz anders Simones Mutter, Rita von Hardenbeck und Klaus' geschiedene erste Ehefrau, die zwar auch ein Kostüm trug, welches aber cremefarben und so raffiniert und edel geschnitten war, dass es wie beabsichtigt zum Hingucker des Abends wurde.

Wie alle, die des Namens *von Hardenbeck* habhaft geworden waren, hatte Rita, eine zarte und gefällige Ausgabe ihrer Tochter Simone, ihn nach der Scheidung behalten und er stand ihr ja auch besser als ihrem Ex, der etwas steif und untersetzt im offenkundig einzigen Anzug, den er besaß, am Tisch hockte. Doch ganz gleich, wie wichtig sich in diesem Hause alle vorkamen und was für spöttische Blicke Klaus und Hanne auch ernteten, so vergaß doch wenigstens Hanne nie, dass man Klaus keinen Dünkel nachsagen konnte, nachdem er eine gebürtige

Schneider – Rita - und später eine geschiedene Fischer – Hanne - geehelicht hatte. Vielleicht waren Klaus sein feines Elternhaus und der stolze Name auch im Grunde lästig, denn letzteren verdankte er einem Ahn, der das hanseatische Ordensverbot („Es gebe über dir keinen Herrn und unter dir keinen Knecht") getrost überhört und sich den Titel trotzdem hatte verleihen lassen. Alles ein einziges Affentheater für Klaus und wohl darum wischte er sich so ungezwungen das Kinn mit der blütenbetupften Serviette ab, als säße er in seiner Vereinskantine. Gegen das, was sich hier an Überheblichkeiten abspielte, schien zumindest er weitgehend immun.

Obwohl sich Rita von ihrem aktuellen Lebensgefährten so leidenschaftlich wie zärtlich umwerben ließ, wirkte dieser aufgekratzt und unzufrieden. Ludwig Castro war ein Mann, der seinen exotischen Namen so umständlich erklärte, dass ihm niemand dabei folgen mochte. Seit längerem erzürnte es den Unternehmer, Rita nicht zu einer Heirat und zu einer Annahme seines Namens bewegen zu können. Dass sie den Namen seines Vorgängers in einer Ehe mit ihm behielt, wollte er selbstredend auch nicht.

So reagierte er sich ab, indem er seine eigene Herkunft weiter verschleierte, die der anderen dafür aber unnachgiebig ausleuchtete. Schon bald geriet die arme Hanne ins Visier seiner Hornbrille. „Wie man hört, haben Sie sich ja unlängst wieder aufgemacht, meine Liebe, und das ausgerechnet zu einer Fahrt auf unserem guten alten Rhein", schnarrte Castro, wobei er das schwere Silberbesteck auf einem mächtigen Salatberg ablegte. „Da hat Sie doch gewiss nicht nur die schöne Aussicht gelockt, nicht wahr?" Sehr wahrscheinlich wollte er dabei mindestens auf Klaus' Vergangenheit als Geschichts- und Erdkundelehrer an einem Gymnasium anspielen und sich öffentlich darüber wundern können, dass dieser nicht mitgefahren war.

Hanne hatte sich vor Schreck prompt verschluckt. Sie kam nicht dazu, etwas zu erwidern und bekam so trotz ihres Hustenanfalls gleich noch heiseres Liedgut hinterhergeschoben: „Sie sollen ihn nicht haben, den freien deutschen Rhein! Ob sie wie gier'ge Raben sich heiser nach ihm schrei'n! Das sagt Ihnen doch etwas, Madame! Ma-dame?"

Sie konnte das nicht komisch finden oder einfach humorvoll abtun. Unter ihrem beschützenden Stoff war es der Angesprochenen nun unangenehm heiß geworden. Am liebsten hätte Hanne ein Fenster aufgerissen, scheute aber die dazu nötigen Umstände. Sie selbst mochte Castro eigentlich ganz gern, war froh, wie sehr er sich um die exzentrische Rita bemühte und hatte sich, auf ihre Dampferfahrten angesprochen, noch nie Erklärungen dafür zurechtgelegt. So glitten ihre Augen nun hinter der Serviette weit geöffnet über die Runde und sie stammelte: „Ach, nennen Sie mich doch Hanne. Und bitte - wer soll den Rhein nicht bekommen? Und warum?"

Bei ihrem Gegenüber war der Blick unterdessen eigenartig leer geblieben. Castro schien hauptsächlich auf irgendeine Reaktion von Hanne gewartet zu haben um ihr gleich wieder brüllend ins Wort zu fallen, dabei tat er so, als bemerke er Klaus' zornige Blicke nicht. „Na! Das wird Ihnen doch kaum entgangen sein, trotz der ganzen Touristen, die den Rhein ja inzwischen bevölkern. Auf so einem Vergnügungsdampfer will heute niemand mehr etwas davon wissen, aber anno achtzehnvierzig sollte alles links vom Rhein in französische Hände fallen. „Chant de guerre de l'armee du Rhin" wurde im Elsass ja bereits gegrölt."

Mit seinem rotem Gesicht und dem vorgebeugtem Oberkörper erinnerte er an einen stark geforderten Bühnenschauspieler. „Inzwischen ist das ja die Nationalhymne, bisschen geändert, der Text, meine ich. Oh – ich sehe, das ist alles neu für Sie. Na ja...!". Er winkte mit großer Geste ab und schlug sich dann lachend auf den Schenkel, wobei ihm das Besteck vom

Salat rutschte und scheppernd zu Boden fiel.

„Ach, wissen Sie", sagte Hanne nach einer Weile, wobei sie die Serviette sinken ließ. „Wissen Sie, mein Hobby ist ja nicht Geschichte oder so. Uns – also meine Begleiterin und mich – uns interessierte tatsächlich vor allem die schöne Gegend, die Loreley – und dann dieser Felsen... ."

Sie wusste selbst, dass nichts davon der Wahrheit entsprach, doch wie und warum sollte sie diesen Leuten hier etwas über ihre wirklichen Beweggründe sagen? Wie sollte sie ihnen klarmachen, dass nichts auf der Welt sie mehr zu beruhigen vermochte als Wasser beziehungsweise bereits der Blick darauf? Und dass es ihrer aufgewühlten Seele zeitlebens genau darauf ankam, nämlich endlich Ruhe zu finden. In dieser Runde würde davon doch niemals jemand etwas begreifen.

Statt dessen hatte sie nun plötzlich eine Eingebung. „Strasbourg? Ich meine... Straßburg?" hörte sie sich sagen, krampfhaft bemüht, sich der Schiffsroute zu entsinnen, obwohl diese noch gar nicht lange zurücklag. „Moment doch mal - also in Basel ging es los, das war aber noch in der Schweiz. Dann war links von uns doch aber erst mal ... alles... französisch...?". Auf der Suche nach Hilfe schaute sie nun etwas ratlos von einem zum anderen und schließlich ein bisschen erzürnt auf ihren Mann, der doch neben ihr saß und es eigentlich noch am ehesten wissen müssen und ihr doch so langsam einmal hätte beispringen können.

In der nun folgenden Stille, durch Hüsteln und Räuspern aus verschiedenen Richtungen unterbrochen, schienen alle mehr oder weniger damit beschäftigt, ihr Schulwissen nach Erinnerungen bezüglich des Rheins zu durchforsten. Selbst Ludwig Castro war verstummt - fühlte sich aber offenbar auch nicht mehr zuständig. Wie Rita hatte er mit spitzen Fingern die Tischdecke gelüftet, um unter dem Tisch nach seinem Besteck zu spähen, wobei aber keiner Anstalten machte, sich danach zu bücken. Hanne durchzuckte der Reflex, dies selbst zu tun, doch schob sich ihr just in diesem Moment Klaus' Bein wie ein Brückenpfeiler in den Weg.

In der Aufregung, die dann kam, blieb das Besteck einfach unterm Tisch liegen - „Ach, die Sucherei verdirbt uns doch den Spaß, das macht morgen schon jemand", bemerkte Simone nur knapp dazu. Doch hinderte sie das nicht, ihren Gast im selben Atemzug für Ersatz in die Küche zu beordern. Unter ihrem Kommando, welches viel (französisches) Küchenkauderwelsch enthielt, ließ sie Castro dort die Fächer durchsuchen und schließlich mit deutlich kleineren

Messern und Gabeln wiederkehren, - mehreren - denn was ihm widerfahren war, „konnte doch wirklich *jedem* passieren".

Mit der Gelassenheit der Hineingeborenen ließ es Simone völlig kalt, wie andere sich nach ihrem Lebensstil reckten und streckten und das galt natürlich auch für ihre Mutter. Während der ganzen Zeremonie achtete sie nicht im geringsten auf Ritas flehentliche Blicke.

Zwar war ihre Mutter bei Ludwig nur ein paar Straßen entfernt ähnlich pompös untergebracht wie sie selbst – mit ausreichend Platz für meterhohe, goldgerahmte Spiegel und ganzen Ankleidezimmern, plus einer in einem Glasanbau untergebrachten Edelboutique, für den ein Großteil des beengten Gartens hatte dran glauben müssen.

In ihrem „Studio" sah sich Rita ihrer beider Reichtum bereits gründlich mehren und ließ weithin sichtbar mit einigen Freundinnen den Champagner klingen, als Lockmittel für die betuchte und gelangweilte Nachbarschaft. Das wäre in einem ausgelasseneren Landstrich wie, sagen wir Düsseldorf, vielleicht der Knaller gewesen, doch hier schüttelten die meisten Leute bloß den Kopf darüber, wenn jemand in seinem leeren Geschäft bereits den Vormittag vertrank.

So war Rita bislang nicht reich geworden und lieferte sich nun mit ihrem Lebensgefährten ein lautloses, aber stetes Ringen um die Besitzverhältnisse. Weil ihr dies ab und an würdelos vorkam, wäre sie gern, wenigstens für eine gewisse Zeit, bei ihrer Tochter untergekommen, doch schien dies immer weniger aussichtsreich, je älter Simone wurde. „Vielleicht wäre ja unten Platz", ließ ihre Tochter zu diesem Thema manchmal fallen und das nur, wenn der Vater nicht dabei war.

Erst als sich Ludwig endlich wieder an seinen Platz geschoben hatte und sich abermals mit zornesrotem Kopf den Teller volllud, bemerkte Klaus vernehmlich, - wobei es ihm als pensioniertem Lehrer mühelos gelang, Castro unverwandt anzusehen, ohne zu starren - „Nicht sollte, cher Louis, - sie hatten sie ja in den Händen, die linke Rheinseite und das doch für einige Jahrzehnte. Sonst hätten sie auch kaum so munter gesungen, die Franzosen." - und beiläufig an seine Frau gewandt: „Hast natürlich recht, Liebes. Bis Höhe Karlsruhe ist ja links alles Frankreichs Grenze. Schön da, im Elsass. Sprechen alle Deutsch, können wir mal Urlaub machen, wenn du Lust hast.". Und ohne Simone anzusehen in deren Richtung: „Schmeckt toll, dein Geflügel, Kleines. Ganz fabelhaft geraten."

„Darf man mal fragen", keifte Castro nun aller Leutseligkeit enthoben quer über den Tisch, während Rita die Augen fest geschlossen hielt und sich zwischen Daumen und Zeigefinger die Nasenwurzel rieb, „wieso sich so ein Kenner des Fachs eine solche Reise hat entgehen lassen?" - „Na, sicher", konterte Klaus gemütlich, „Das kann man ja auch alles schön zu Hause nachlesen, wenn man möchte. Ich setz' keinen Fuß auf ein Schiff, da wird's mir schlecht!". Stimmte überhaupt nicht, jedenfalls wusste Hanne nichts davon. Gab aber eine wunderbare Erklärung für künftige Befragungen ab, deshalb musste sie sich das unbedingt merken.

Während des sahnigen Nachtischs herrschte angespannte Ruhe, doch hinterher lieferte sich Klaus von Hardenbeck den nächsten Schlagabtausch mit dem vom Zuckerbrot und Peitschenschwingen mittlerweile schlaganfallverdächtig aufgequollenen Ludwig Castro (der Alkohol tat ein übriges). Als der anfing, undeutlich herumzubrüllen, Klaus sähe wohl allem Treiben seiner Frau tatenlos zu, war von Klaus' gewohnter Ruhe auch nichts mehr zu sehen. Ihn würden weder Trunk- noch Eifersucht jemals zu rüdem Benehmen verleiten, schrie er zurück. Frauen wüssten das im allgemeinen zu schätzen und müssten dann auch nichts mehr treiben. An dieser Stelle war

Rita aufgesprungen und hatte ihren taumelnden und bis zur Unbeweglichkeit vollgegessenen Freund mit sich davon geschleift.

Das hatte Simone dann doch den Spaß verdorben, wofür sie umgehend Hanne verantwortlich machte. Die hätte gern Schutz bei der eigenen Tochter gesucht, doch stand zu befürchten, dass Caro eher Castros Meinung zuneigte. Wie gewöhnlich hätte das bei ihrer Tochter neutral und gerecht ausgesehen, weil sie sich grundsätzlich vor niemandes Karren spannen ließ. Ihr Mann Gero, in Hannes Augen eine dünne, besserwisserische Vogelscheuche, bot auch keine Hilfe, da er die ganze Zeit hauptsächlich auf das nebenstehende Babyphone achtete, um seine nur ein Stockwerk tiefer befindlichen und inzwischen oder demnächst schulpflichtigen Kinder zu beaufsichtigen.

So hatten sich Klaus und Hanne entkräftet ebenfalls auf den Weg gemacht und leider, muss man sagen, hatte Hanne vor dem Haus noch einen Blick zurückgeworfen. Dabei entdeckte sie ein Klingelschild mit Überlänge – es war ihr beim Eintreten gar nicht aufgefallen – aber nun fiel es ihr um so schmerzhafter ins Auge. Nur knapp unter Simones schon älteren, in seinen zierlichen Lettern kaum lesbaren Schild *von Hardenbeck* prangte golden und frisch gewienert das

Sprachungetüm *Familie von und zu Stolpe und Marnier*, Schrägstrich, *von Hardenbeck*.

War das ernst gemeint? Hanne konnte nicht aufhören, das Ding entgeistert anzustarren, bis Klaus sie wegzog. Dabei kreiste in ihrem Kopf, wie omnipräsent sie alle beide von Caro mit ihren ewigen kleinen Präsenten und ihrem liebenswürdigsten Lächeln – einer Art Katzengrinsen - umschwirrt worden waren, bis ihre Tochter samt Familie im Kasten untergekommen war und Caro Klaus auch noch so weit gebracht hatte, seinen Namen annehmen zu dürfen. Wobei er sie als einziges von Hannes längst erwachsenen Kindern hatte adoptieren müssen, weil Namen zwischen mündigen Leuten nicht mehr ohne weiteres getauscht werden konnten. Hanne hatte auch dieses Tauziehen mitgemacht, weil sie alles vage verstand, was ihre Tochter von deren Vater und ihrem Ex, Reinhard Fischer, absetzte und sich danach für den Familiennamen ihres Schwiegersohnes nicht weiter interessiert. Das übergeschnappte Schloss, in dem sie für die Hochzeitsfeierlichkeiten untergebracht waren, hatte ihr schon gereicht. Außerdem konnte sie sich ja die exaltierten Vornamen ihrer Enkelkinder kaum merken.

Aber warum zum Teufel hatte Caroline Klaus dann immer noch nicht in Frieden gelassen? Sondern ständig weiter gebohrt, um für ihre Familie endlos Raum zu gewinnen und die kinderlose Simone „aus Platzgründen und doch bloß, um es endlich einmal ansprechen zu dürfen" längerfristig nach unten zu verfrachten oder am liebsten ganz loszuwerden. Hier war seinerzeit keiner mehr mitgezogen und Klaus hatte ihre Tochter so lange unverwandt angesehen, bis diese verstummte. Aber vor dem unsäglichen Schild begriff Hanne, dass für Caro und ihren Clan in dieser Angelegenheit überhaupt nichts erledigt war und dass sie gut sichtbar nicht davor zurückschreckten, den unter Mühen erbeuteten Namen *von Hardenbeck* zum Nachklapp zu degradieren. Was um alles in der Welt ging hier eigentlich vor und so dermaßen schief?

Hanne wollte sich auf der Rückfahrt im Auto ungeachtet ihrer Abmachung bezüglich der Töchter nicht nur darüber auslassen. Sie hätte auch ihre Unsicherheit über die unternommene Schiffsroute auf dem Rhein gerne durch Suses noch schwächeren Kenntnisse bemäntelt. Die hatte als Westberliner Nachkriegskind auf den gemeinsamen Fahrten unangefochten am wenigsten gewusst und alle erhaltenen Informationen auf der Stelle und für immer wieder vergessen. Und war Ludwig Castro nicht auch Berliner, seine Manieren sprachen doch dafür. Vielleicht war es ja eine Folge des kalten Krieges, dass die meisten Leute über das eigene, lange gespaltene Land kaum etwas wussten, aber Amerikas oder Australiens Umrisse oft überraschend gut und aus dem Kopf heraus nachzeichnen konnten.

Das hatte Hanne vor, sich und ihn alles zu fragen. Aber als sie ihn wütend die regennasse Straße vor sich fixieren sah und er in einem fort „So ein Knallkopf, der Castro" vor sich hin brummte, sah sie davon ab. Für heute war es wohl genug.

Im Spreewald

Im Sommer darauf unternahm Hanne im Spreewald eine Kanufahrt mit Tobias, ihrem Jüngsten. Nur sie beide, hatte er angemerkt und sie freundlicherweise dazu eingeladen. Sie sagte begeistert zu und freute sich schon monatelang darauf. Natürlich, weil es aufs Wasser ging (der Spreewald war ja in dem Sinne kein Wald, sondern eine durch Kanäle erweiterte Flussaufzweigung der Spree, in dem die umstehenden Bäume als „Auenlandschaft" mit all der Nässe plus zeitweiliger Überflutungen irgendwie zurechtkamen), aber auch, um ihrem schweigsamen Sohn, inzwischen Mitte dreißig, wieder näherzukommen.

Während Hannes Tochter Caroline groß und schlank wie der Vater geraten war, kamen beide Jungs nach ihr und waren wie Hanne selbst klein und schmal gebaut. Hanne war schon oft in ihrem Leben auf ihre Ähnlichkeit zu Margot Honecker, der Frau des langjährigen Staatschefs der DDR, angesprochen worden. In der Oberschule rief man sie deswegen sogar „Honne", was sie gehasst hatte, und wie es das Schicksal wollte, wirkten auch ihre beiden Söhne wie der Ostpolitprominenz entsprungen.

Welche Mutter hätte es sich eingestanden, aber insgeheim nagte das an Hanne. Hätte ihr Ex den Jungen nicht wenigstens seine hochgewachsene Gestalt, sein unverwüstliches Haar oder etwas von seinem Charme mit auf den Weg geben können, wenn er auch sonst nichts zu vererben hatte, von einem gewissen Hang zur Gewalt einmal abgesehen.

Statt dessen also waren Stefan und Tobias als Kinder schmächtig, um später zu unscheinbaren und wortkargen Männern heranzuwachsen. Tobi wenigstens schaute sie nun aus Reinhards zauberhaften Augen an, deren goldgrüne Reflexe gut zum Wasser des Spreewalds und dem üppigen Uferbewuchs passten, wobei Hanne das Wasser selbst stellenweise reichlich schlammig vorkam.

Wenn sie darüber enttäuscht war, so ließ sie sich nichts anmerken, weil ihr die sumpfigen Kanäle und Flussläufe so viel echter vorkamen als die gesammelte Bühnenwelt des Rheins. Auch wenn sie den tragischen Tod der Wahrsagerin inzwischen hoffentlich verkraftet hatte, erinnerte sich Hanne an die Flussfahrt vom vergangenen Sommer nur noch unwirklich und wie im Traum, ein Gefühl, das sich mit der Zeit noch verstärkte. Angefangen bei Ms. Partridges Prophezeiungen, die zu den Sagenwelten des Stroms verdächtig gut passten, über die klapprige Gestalt von Jenna Lewis, der amerikanischen Touristin unter ihrer gewaltigen, roten Perücke, hinweg bis zu den Güterzügen. Die hatten im Nachhinein etwas von lärmenden Spielzeugeisenbahnen, welche den Strom durch sein menschengemachtes Bett samt Burgkulisse eskortierten.

Kopfschüttelnd besann sich Hanne wieder auf die

ruhige, plätschernde Gegenwart des Spreewalds, nur hin und wieder geblendet durch einen Sonnenstrahl, der das Dämmerlicht unter den Baumkronen durchbrach.

„Sagenhaftes findest du hier aber auch reichlich", bemerkte Tobi dazu wenig später und stieß das Kanu ungeübt und etwas zu heftig von der Böschung ab, in der es sich zu verfangen drohte. Als er dabei kurz den Kopf senkte, fiel Hanne auf, dass sich seine Scheitelmitte bereits stark ausdünnte.

„Bisschen wie eine Mönchstonsur", dachte sie und irgendwie machte das die Hoffnung auf eine Neuauflage seiner Beziehung zu Andrea zunichte, der unsteten und vielleicht einzigen Liebe seines Lebens und Mutter des gemeinsamen siebenjährigen Sohnes Flynn, Hannes erklärtem Lieblingsenkel. Flynn Fischer, wieso war ihr selbst ein solcher Namensklang bei ihren Söhnen nicht eingefallen? Hoffentlich hieß der Kleine überhaupt wie sein Vater, die Eltern waren ja nicht verheiratet.

„Flynn heißt doch Fischer mit Nachnamen, oder, Tobi?", fragte sie ihn relativ zusammenhanglos, was diesen jedoch nicht weiter zu verwundern schien, vielleicht hatte er ebenfalls gerade an seinen Sohn gedacht. „Ja, aber möglicherweise nicht mehr lange, da Andrea ja nun heiratet", sagte er knapp und mit abgewandtem Blick, was Hanne prompt verletzte, da man sie scheinbar wieder zuletzt unterrichtete. Tobias war abgelenkt, er suchte die Ufer ständig nach Hinweisschildern ab, offenbar um die Orientierung nicht zu verlieren. Hanne sagten die abgebildeten Ortsangaben gar nichts. Sie fingen alle, so schien es ihr, ohnehin verwirrender-weise mit einem L an, und machten sich jedenfalls für ihre Ohren fast über den Osten lustig: Leibsch, Lübben, Lehde, Leipe (oder Leupe?) … .

„Ach ja? Und was hat Andreas Hochzeit mit Flynns Nachnamen zu tun?" Hier hakte Hanne hartnäckig nach. Eigentlich konnte sie sich das ja denken, angesichts der ganzen Namenswechsel in ihrem Umfeld. Trotzdem krampfte sich ihr Herz schmerzhaft zusammen. Damit wollte sie sich nicht ohne weiteres abfinden.

Auch wenn Flynnie großzügig den neuen Nachnamen erhielt – seine Stellung in der Familie würde das nicht leichter machen. Wer wusste das besser als Hanne, für die als Sechsjährige ein neues Zuhause mit Familienanschluss im Neubaugebiet von Fuhlenbrock- Bottrop gefunden worden war, in dem sie sich keine Sekunde lang heimisch gefühlt hatte, auch wenn man sie dort mit allem Drum und Dran adoptierte. „Ist das alles denn klug?", fragte sie deshalb die hochragenden Bäume neben sich, da Tobias wie so häufig kaum noch erreichbar wirkte.

Doch sollten dies nicht die einzigen Neuigkeiten bleiben, die ihr Tobi auf dieser Fahrt eröffnete und die ihr die genossenen Schmorgurken glatt zurück in den Hals trieben. Dabei hatten sie so friedlich in einer Art Zwergenhäuschen mit Reetdach und dem für die Gegend typischen Symbol zweier aufgerichteter Schlangen zu Mittag gegessen, umsorgt von netten, sorbischen Menschen, die aus Gründen, für die man hätte eingeweiht sein müssen, unbedingt Wenden genannt werden wollten. Diese verwunderten ihre Gäste zudem durch Schilderungen bezogen auf ihre beengten Wohnverhältnisse. Demnach hatten sie bis vor nicht allzu langer Zeit alle miteinander in einem einzigen Bett geschlafen: Großeltern, Paare und ebenso alle Kinder. Anschließend hatte es Hanne und Tobi ungeachtet ihrer vollen Bäuche rasch wieder aufs Wasser gezogen. Ein fruchtiger Schnaps zum Abschluss sollte die Laune noch heben, führte aber eher dazu, dass Mutter und Sohn noch ungeschickter als zuvor mit Kahn und Rudern hantierten. Hanne wollte das bereits als charmantes Abenteuer verbuchen, als sie knapp unter der Oberfläche des glucksenden Wassers etwas bemerkte, das sie an Reinhard, ihren Ex-Ehemann, erinnerte.

Lag es an Tobis Gegenwart, dass dessen Vater ihr gedanklich so nahe rückte über 20 Jahre nach der Scheidung oder zeichnete sich hier tatsächlich der braune Schnauzer überdeutlich ab, den sich Reinhard Fischer seit den späten Siebzigern zugelegt hatte? „Du, hier liegt glaub' ich dein Vater", entfuhr es Hanne so jählings wie taktlos, worauf sich beide über das flache Uferwasser beugten, was den Kahn gefährlich schwanken und zu einem Balance-Akt werden ließ.

„Nein, das ist ein Tier, allerdings ein totes", bemerkte Tobi dermaßen schnell und ungerührt, so dass Hanne der blöde Satz von eben nicht allzu Leid tun musste. Eine Weile starrten sie beide in das trübe Wasser, unter dem sich etwas abzeichnete, das aussah wie ein weggeworfener Pelzmantel mit übergroßen Pfoten und wehrhaften Krallen daran. „So groß wird kein Biber, das wird ein Fischotter sein", urteilte Tobi und sie fanden es beide äußerst bedauerlich, dass ein Naturparadies wie der Spreewald seinen größten Schatz nur tot preisgab und nicht herumtollend und Fische futternd, wie sie es aus Fernsehdokumentationen kannten.

„Du, Mutti, ich wollte mit Dir noch über etwas reden", begann Tobi in angemessener Entfernung zu der verstorbenen Otter-Vater-Gestalt und entriss Hanne damit aus ihren düsteren Überlegungen dazu, was das tote Tier über den Spreewald aussagte. An jeder Ecke lobten sie hier beständig die Wasserqualität - war es also ein gutes Zeichen, dass es im Spreewald solche Wesen überhaupt gab? Andererseits zuckten ihr Fernsehbilder durchs Hirn zu den Hinterlassenschaften aus Industrie und Militär der untergegangenen DDR. Dazu stiegen Satzfetzen in ihr hoch wie „ ... tickende Zeitbombe ..." und „ ... jederzeit zur Katastrophe kommen ...".

War der Fischotter das beklagenswerte Opfer des allmählich alles erstickenden, eisenhaltigen Schlammes, über den gestern jemand vor einer Touristengruppe referiert hatte? Hanne beschäftigte das alles so nachhaltig, dass sie erst einmal darüber reden wollte. „Lässt sich jetzt schlecht sagen, Mutti. Otter müssen ja auch so mal irgendwann sterben", sagte Tobi unentschlossen, als sie das nun erörterten und danach schwiegen sie abermals für eine gewisse Zeit.

Doch konnte Tobias auch sehr hartnäckig sein und so nahm er nach einer Weile den Faden wieder auf. „Mutti, es wird sich in meinem Leben einiges ändern", hub er an, was Hanne durchaus positiv aufnahm, da dies wirklich langsam Zeit wurde. Da sie fest vorhatte, jeden seiner Entschlüsse zu begrüßen, verstand sie erst gar nicht, was er dann sagte: „Begleitet von meinen Brüdern werde ich mein künftiges Leben unserem Schöpfer widmen."

Hanne hielt inne. Was war das? Ihr Sohn hatte doch nur einen Bruder. Und was sollten die beiden, die einander nie sonderlich gut verstanden hatten, zusammen unternehmen und das auch noch für den Rest ihres Lebens? Und mit welchem Schöpfer, Gott? Oh Gott ja, Tobi hatte Theologie studiert, aber doch bloß als Nebenfach, weil er sich da doch noch etwas aussuchen musste, um... um... .

Schock. Hanne stand unter Schock, sie merkten es beide. Auch Tobi schien sichtlich betroffen. Ihm fiel wieder nichts mehr ein, womit er weitermachen konnte und so schwiegen sie und schwiegen sie, während in Hannes Kopf eine Katastrophe Stück für Stück Gestalt annahm wie die aufgehobenen und zusammengesetzten Scherben einer vom Tisch gestürzten Vase. Ihr Sohn wollte anscheinend allen Ernstes in ein Kloster eintreten. Hier im Spreewald? Nein, irgendwo in Brandenburg, der Name der Einrichtung sagte ihr nichts.

Hatte Gott denn nicht wenigstens die Güte, Hanne zu sagen, was sie so falsch gemacht hatte? Beziehungsweise ersatzweise vielleicht endlich mal ihr eigener Sohn? Es konnte doch kein Zufall sein, dass ihre Tochter Caroline Hanne solche Probleme machte. Und dass jetzt auch noch ihr Sohn, bei dem sie sich doch davon hatte erholen wollen, sie so eine Kröte schlucken ließ.

Was hatte sie bloß verbrochen? Als einziges fielen Hanne spontan ihre Mahlzeiten ein. Sie konnte überhaupt nicht kochen und hatte diesbezüglich auch kaum jemals dazugelernt. Von ihren Kindern hatte sich bestimmt noch keines etwas gewünscht, das schmeckte wie bei Muttern, soviel stand fest. Aber reichte das aus, um ihrer aller Leben zu ruinieren?

„Himmel, Mutti, nein – das hat doch damit nichts zu tun!", klang Tobis Stimme wenig später nahezu erheitert an ihr Ohr. Sie hatten sich aus dem schwankenden Kahn heraus an Land gearbeitet, ihr Transportmittel notdürftig vertäut und saßen nun Arm in Arm aneinander geklammert auf einer Bank aus krummen Holzplanken, den Blick auf das stumm und eilig davon fließende Wasser gerichtet.

Hanne heulte hemmungslos, weil sie sich daran hatte erinnern müssen, wie der etwa zehnjährige Tobi einst wortlos den mittäglichen Tisch verlassen, sich lautlos im Bad erbrochen und anschließend ohne eine Erklärung wieder Platz genommen hatte. Und das sollte alles nichts mit dem Schrecklichen zu tun haben, das ihr Junge nun mit seinem Leben vorhatte? Mit seinem Entschluss, im Herbst nach Mühlberg zu ziehen, ins Kloster Marienstern, wo seit einigen Jahren ein römisch-katholischer Orden aus dem Ausland die Gemeinschaft der Brüder wiederbelebte, wie Tobi berichtete, wobei seine Mutter ihm kaum noch zuhörte, weil sie sich nur vorstellen konnte, dass dort alle lebendig begraben seien.

Tobi freilich sah nun immer weniger bedrückt aus, als habe man ihn ausgewechselt brachte er die Sätze schwungvoll heraus, er schmunzelte befreit vor sich hin und entfernte sich abermals innerlich von ihr, dieses Mal anscheinend in eine fröhlichere, für ihn unbeschwerte Zukunft. Immerhin, so versicherte er ihr glaubhaft, während sein Arm sie weiterhin fest umschlungen hielt, konnte sie ihn dort besuchen, so oft ihr danach war und auch für Flynn würde sich, was ihn betraf, nicht das geringste ändern.

Ja, das denkst du, dachte sich Hanne versunken in ihrem Gram, das denkst auch nur du. War ihm mit seiner Eröffnung ein Stein vom Herzen gefallen (er hatte sich wohl mit Abstand am meisten davor gefürchtet, es seiner Mutter zu sagen, das hatte er auch noch loswerden müssen), senkte sich die ganze Last nun in ihre Seele, um sich dort fest zu verankern.

Auch, weil sich ihr einfach nicht erschloss, warum er das alles tun musste und er dazu, ausgerechnet dazu, im Grunde nichts sagte. Es blieb ein Geheimnis, was ihren Sohn zu seinem Schritt bewog und Hanne ahnte dunkel, dass es irgendwie mit Reinhard Fischer, ihrem Ex-Ehemann, zu tun haben könnte und mit der schmerzhaften Scheidung genau zu jener Zeit, als sich Tobi als Zehnjähriger des öfteren still er- brach. Und natürlich mit der noch fürchterlicheren Zeit davor.

Am Berliner Halensee

Nicht lange nach Rudi Carrells vertontem Stoßgebet *Wann wird's mal wieder endlich richtig Sommer/ Ein Sommer, wie er früher einer war...* wurde es 1976 in Deutschland tatsächlich wieder richtig heiß. Im ein-

gemauerten, aber der freien Welt zugehörigen West-
berlin bot eine Kette beschaulicher und tiefdunkler
Seen - teils echte Relikte eiszeitlicher Gletscher,
manchmal aber auch deren (als Wohnanreize für Vil-
lensiedlungen) ausgebaggerte Kopien – den Bewoh-
nern die Möglichkeit sich abzukühlen.

Dazu zählte ein kleines, erstaunlich romantisches Re-
fugium am Rande des Kurfürstendamms, direkt neben der Avus gelegen, einem der wenigen Auto-
bahnabschnitte in der eingeschlossenen Stadt. Von
Wasserqualität konnte man eigentlich nicht reden,
denn der Halensee verfügte über keinerlei Zuflüsse
mit Ausnahme des hineingespülten Dreckwassers
von der Straße. Und fast unmittelbar neben der Au-
tobahnabfahrt stürzte sie optisch in die Tiefe, die
ausgedehnte *Halenseewiese*, welche im Grunde eher
einen Hang darstellte, der sich ganz allmählich und
trichterförmig zu einem schlammigen und vergleichsweise kleinen Teil des Seeufers hin verjüngte.

Für diesen, der Allgemeinheit zugänglichen Erho-
lungsbereich sprach vor allem, wie schnell er zu erreichen war. Sowohl von dem Ku'damm-Café, in
dem Hanne zeitweilig arbeitete, als auch von der
Freien Universität in Dahlem aus, wo ihr Mann Reinhard in der stramm links ausgerichteten Studenten-
vertretung das Wort führte und nebenher studierte.

So wie die Natur ihn erschaffen hatte, und sie hatte ihn sehr vorteilhaft erschaffen, lag Reinhard dort ausgestreckt und - um ungehindert weiter reden zu können - auf die Ellbogen gestützt in der Sonne inmitten einer Gruppe gleichfalls nackter Bewunderer, an deren Rand sich Hanne positioniert hatte, als einzige schamhaft in ein Badetuch gehüllt, mit dem sie sich beständig abzutrocknen schien.

Hanne war überaus froh, die Kinder nicht dabei zu haben, obgleich es hier ansonsten vor nackten, kleinen Kindern und Hunden in allen Größen und Farben wimmelte. Aber das war nun auch das damalige Berlin - Hanne wusste ihre Kleinen für wenig Geld recht sicher versorgt in einer Einrichtung namens Freizeitheim. Und sie hätte ihre Kinder auch nicht mitnehmen mögen zu dieser freizügigen Veranstaltung, die zu jener Zeit noch harmlos wirkte in ihrem bunten, nackten Durcheinander, dessen Johlen von der Straße aus, welche vor abgestellten Fahrrädern klirrte, trotz des Autobahnlärms als einziger schriller und ausdauernder Ton weithin zu hören war.

Über den Sandweg, der die Wiese in Ufernähe querte, kam zögerlich eine Bullenwanne angefahren, wie die Polizeitransporter in Berlin fast schon offiziell hießen. Sie hielt ziemlich genau neben einem Schild, das dazu aufforderte, Hunde in diesem Areal anzuleinen, und die Beamten blieben zunächst einmal im Inneren ihres Wagens verschanzt, während um sie herum ein Pfeifkonzert anhub, das die meisten Hunde sicher auf ihre Halter stoßen ließ, was einem ähnlich unerklärlich vorkommen musste wie das Aufeinandertreffen verwandter Pinguine in einer Kolonie. Aber man wusste allgemein von der Fangvorrichtung für Hunde in den Polizeiwägen und fürchtete Exempel, die einiges an Geld und Aufwand kosteten, wollte man sein Tier später wieder auslösen. So hatte nach kürzester Zeit etwa jeder dritte nackt in der Sonne Badende einen vorschriftsmäßig angeleinten Hund neben sich zu sitzen.

In der Bullenwanne registrierte man dies, schien aber mit der Lage noch nicht zufrieden. Vorsichtig setzte sich das Gefährt wieder in Bewegung, um abermals neben einem Schild zu halten, welches Nacktbaden in diesem Bereich gänzlich untersagte. Zu dem Gepfeife jedoch ergoss sich nun eine anschwellende Welle von Buhrufen über das Fahrzeug, woraufhin sich zwei schwitzende, vollständig uniformierte Polizisten ins Freie zwängten, der eine mit einem Megaphon in der Hand.

Geschickt trötete er seine Aufforderung sich zu bedecken und die Hunde anzuleinen in eine kurze Pfeif- und Buhpause hinein, während das Ende seiner

Durchsage, nämlich die Drohung, für einen Bußgeldbescheid die Personalien aufzunehmen, bereits wieder im tosenden Lärm und schadenfrohen Wiehern der Nächstliegenden unterging. Der Beamte wischte sich mit dem Ärmel über die Stirn und reichte das Gerät an seinen Kollegen weiter, der es tapfer aufnahm und wie in einer Stummfilm-Parodie weitere Durchsagen machte. Der unbekleidete Volkskörper grölte, was für eine Show.

Unter stellenweise aufkommendem Gelächter, das Hanne nur mit zugehaltenen Ohren ertrug, bestiegen die Polizisten schließlich wieder ihr Fahrzeug und rollten davon. Nur, um tags darauf wiederzukehren, und anstelle des Nacktbadeverbotsschilds eines in den Boden zu rammen, das die Freikörperkultur auf der Wiese künftig uneingeschränkt zuließ.

Manchmal dachte sich Hanne später – als sie sich wieder öfter mit der Vergangenheit und ihrer gescheiterten ersten Ehe befasste – nahmen die sommerlichen Ereignisse 1976 auf der Halenseewiese den Verlauf ihrer Beziehung zu Reinhard symbolträchtig vorweg. Wie alle anderen hatte sich ihr Ex im Tross seiner Anarchie-verliebten Mitstreiter über die hilflos wirkende Staatsmacht köstlich amüsiert. Er griff das Schauspiel für seine politisch motivierten Reden nur allzu gerne auf und betrachtete es als schönes Ergebnis dessen, was eine geeinte Masse einer übergriffigen Exekutive gegenüber auszurichten in der Lage war, mit friedlichen Mitteln natürlich.

Während Reinhard die Anekdote mit der Zeit weiter ausschmückte, interessierte es ihn überhaupt nicht, wie die Geschichte in den Folgesommern weiterging. Zunächst nahm das Ganze Volksfestcharakter an, zu dem Sonderlinge einiges beitrugen, die mit Schlangen, meterhohen Papageien, halbwüchsigen Schimpansen oder sogar Ozeloten über die Wiese zogen.

Doch mit der Zeit wurde die öffentliche Seite des Halensees zu einem Dorado der in der Stadt anscheinend überproportional vertretenen Exhibitionisten, pädophil und anders Veranlagten, welche dicht an dicht gedrängt die Uferböschung besetzten. Und keiner von ihnen vermochte noch drei Schritte zu tun, ohne in einen Hundehaufen zu treten.

Aus den Schwaden gerauchter Joints erhob sich wie unvermeidlich in jedem Jahr mindestens ein junger Mensch, der in den Untiefen des Sees eine andere, schönere Welt erblicken wollte. Die Wiese selbst hatte da schon an Schönheit immens verloren und war zu einem mehr oder wenigen sandigen Moloch voller Müll verkommen. Man konnte dort irgendwann einfach nicht mehr hingehen.

~

Sicher war von Reinhards Haltung viel dem Zeitgeist geschuldet, dachte Hanne bei sich. In den Siebziger Jahren wimmelten die Unis vor jungen, ehrgeizigen Anklägern, die nichts sehnlicher herbeiredeten als den gesellschaftlichen Umsturz.

Dass ihr Ex mit knapp über dreißig als Soziologie-professor in Hamburg landete, hatte nach Hannes Verständnis kaum mit Fleiß oder Arbeitswut zu tun, vielmehr hatte man damit wohl vor, ihn endlich ein-zuhegen. Selbst heute, nachdem sie Jahrzehnte von ihrem Familiendrama trennten, hätte Hanne ihm nicht ins Gesicht zu sagen vermocht, wie wenig er oder sein Verhalten irgendwelchen moralischen Vor-stellungen genügte. Reinhard Fischer war ein echtes Schwein und deshalb konnte er gesellschaftlichen Verwerfungen nachspüren wie die Schweine den Trüffeln im Erdreich.

Er kam vorzüglich damit durch, da ihm sein Talent und der Zeitgeist größtmöglichen Respekt verschaff-ten. Seine Schattenseiten hätte niemand, der ihn tags-über erlebte, je für denkbar gehalten, vielleicht nicht einmal er selbst. Bei jedem Thema, wo es ungerecht zuging, ob beim Konsumterror, der Polizeigewalt bei Demos, der Vergangenheitsbewältigung oder gar der Gleichberechtigung, schlug er zuverlässig an wie ein

Wachhund, dabei bot er seinen Widersachern bereitwillig und auch mutig die Stirn. Er wagte es, die Dinge direkt und unverblümt anzusprechen. Ja, er brachte sie auf den Tisch und machte ihnen verbal kurzen Prozess.

Und, es ließ sich laut Reinhard doch gar nicht leugnen, das Land hatte es bitter nötig, nachdem es nach Krieg und Wiederaufbau derart versessen da-rauf war zu vergessen. Damit die Menschen hier aus dem Quark kamen und nichts notwendiger brauchten als Tritte in den Hintern, um sich in Richtung Freiheit, Öffnung und kollektive Entwicklung zu bewegen. Zuweilen fühlte sich Hanne selber schon wie gehirngewaschen.

Jeden Satz drehte ihr Ex einem im Munde dreimal um, bis die ganze Welt auf dem Kopf stand, was sich für ihn goldrichtig anfühlte. Das Einzige, was eisern zu ihm hielt, war immer und überall sein offenbar unzerstörbares Selbstverständnis. Es versicherte ihm stets glaubhaft, dass alles, was darüber hinaus reiche, eingebildet sei, erstunken und erlogen oder aus Eigennutz zurechtgezimmert. Also was ihren geschiedenen Mann anging, blieb Hanne letzten Endes sprachlos. Wie er wirklich war, ließ sich niemandem erzählen und auch gar nicht beschreiben.

Auf der Donau

Im Jahr 2015, während ihrer gemeinsamen Fahrt auf der Donau, geriet Susanne Stratmann-Scheiblich, genannt Suse, kurz vor Linz am Frühstückstisch des Liners vor dem edlen Panoramafenster vollkommen aus der Fassung. Dies war einer der seltenen Momente, in denen man ihr das Alter ansah. Eingepfercht unter Fremden hockte sie da, das Gesicht voller blondierter Strähnen, der Blick irrlichterte durch den Raum, manch einer hätte sie womöglich bereits für dement gehalten. Von Hannes Begleiterin, die, - mit ihrer arglosen Bekannten im Schlepptau und allzeit offen für l'amour - , über die Gewässer schipperte, war derzeit nicht viel übrig.

Schuld daran war ausgerechnet die unscheinbare

Hanne, die Suse seit ein paar Jahren regelmäßig mit so unglaublichen Aufregern belieferte, dass die sich schon länger wie die Komparsin in einem weit größeren Abenteuer vorkam. Sie hatte von Hanne Dinge erfahren, die den Eintritt von Tobi, Hannes jüngerem Sohn, in ein Brandenburger Kloster noch in den Schatten stellen sollten.

Genau genommen hatte aber vor gut zehn Jahren damit doch alles begonnen, entsann sich Suse, ihren Kaffee verschüttend. Und die vorläufige Krönung hatte sich - Übelkeit-erregend aktuell - gestern Abend hier auf dem Schiff an der Bar vor ihren Augen abgespielt.

Zuvor hatten sie in Wien einen Landausflug gemacht, gegen alle Gewohnheit von Suse im Internet gewissenhaft ausgesucht und durchgeplant. Als jedoch auf dem verwunschenen Areal des *Friedhofs der Namenlosen* der plaudernde Wärter neben einem Kindergrab stehen blieb und berichtete, von dem kleinen Wesen sei alles, was man wisse, dass es auf das übelste misshandelt, umgebracht und in die Donau geworfen worden war, wobei man die angespülten Reste hier bestattet hatte, da war Hanne schluchzend in Suses Armen zusammengebrochen.

Es schien ihr auf einmal ganz und gar unerträglich, dass dieses arme Menschenkind hier noch nicht einmal vergessen sein durfte, stieß sie, sich auf dem Rückweg schwer auf Suses Ellbogen stützend, weinend hervor. Suse führte sie daraufhin direkt in die Schiffsbar, wo Ali, ein samtäugiger Geflüchteter von maximal Ende zwanzig, ihnen seit Tagen in versuchsweisem Deutsch, mit Englisch vermischt, artig den Hof machte und ausgezeichnete Drinks servierte. So etwas brauchten sie jetzt, sicher, doch nach einer Weile sah Suse Hannes vom Weinen verquollene Lider schlagartig abschwellen und sie, um Jahre verjüngt, auf das heftigste mit dem Barkeeper flirten.

Suse redete sich intensiv ein, dass sie sich das bloß einbilden würde und vergaß darüber glatt ihren eigenen Kandidaten für die Nacht, einen gepflegten Unternehmertyp mit verwegener Resttolle und Blender-Gebiss, dessen Avancen verpufften. Als sei sie verschnürt und geknebelt worden, hatte die arme Suse daraufhin brühwarm miterleben müssen, wie Ali die Bar schließlich unangemessen früh dicht machte und Hand in Hand mit Hanne in deren Kabine verschwand.

Hannes Begleiterin war bei ihr inzwischen über vieles im Bilde, aber das hier verlangte definitiv nach einer Erklärung. So blieb Suse heute morgen hartnäckig am Frühstückstisch sitzen und ärgerte sich maßlos darüber, dass sich auch diesbezüglich einiges umgekehrt hatte. Denn eigentlich war es ja die brave Hanne, die morgens stets schon ungeduldig auf die viel zu spät anrückende Suse wartete, die ihre Umgebung dann auch noch rücksichtslos voll gähnte.

Fast wäre Suse aufgesprungen, als Hanne endlich um die Ecke gebogen kam. Sie organisierte ein heftiges Plätze-rücken in der Bank, während sich beide starr vor Aufregung in die Augen schauten. Sofort verzog sich Hanne missmutig zum Buffet, um Reste einzusammeln, da es Suse nicht eingefallen war, etwas für sie zu horten.

Was ihre eigene Ehe anging, war Suse längst frei von Illusionen. Ihr Mann hatte sie ganz offensichtlich ausgewählt, weil ihr Ordnungsliebe und Reinlichkeit über alles gingen, man konnte es auch Putzwut nennen. So war gewährleistet, dass er sich bei seinen seltenen Ausflügen aus dem Büro ins frisch gemachte Nest setzen konnte.

Für das, was sie darüber hinaus so trieb, interessierte er sich nicht. Ihre Affären zu Wasser hätten ihn sehr wahrscheinlich bloß stumm den Kopf schütteln lassen. Aber seine Arbeiterei hatte ja auch Vorteile. Sie versetzte Suse in die Lage, so viel Geld auszugeben, wie sie wollte und sich auch Hanne gegenüber immer großzügig zu zeigen. Nein, Suse konnte ihrem Mann jederzeit in die Augen sehen und ihm versichern, dass sie das Leben mit ihm liebte. Aber Hannes Mann, Klaus von Hardenbeck nämlich, hätte sie im Moment nicht ins Gesicht schauen wollen.

Auch für einen Menschen wie Suse gab es klare Regeln. Und die lauteten schon aus Gewohnheit, dass Klaus Hanne nicht betrog und Hanne nicht Klaus. Wo kamen sie denn da hin und wo blieb überhaupt Hanne gerade, Suse wäre inzwischen vor Neugier bald geplatzt.

Als ihre Begleiterin endlich zurückkehrte und ihren Teller mit einem halben Brötchen und etwas Butter auf dem Tisch abstellte, mussten sie einander wieder anstarren und retteten sich schließlich in einen enormen Lachanfall. Kaum bekamen sie wieder halbwegs Luft, hatte Hanne die Hände vors Gesicht geschlagen und dahinter hervor gemurmelt „Ja, Suse, ich schäme mich. Natürlich schäme ich mich in Grund und Boden. Ich habe schon überlegt, ob ich dich als Zeugin nun beseitigen muss". Suse zuckte zusammen, bevor sie das als Scherz begriff und mit einem langen 'Pfffffff' beantwortete. Listig ließ sie Hanne danach Zeit, um diese endlich zum Sprechen zu bringen.

Bei dem, was folgte, ließen sich die beiden weder von der vorüberziehenden, märchenhaften Landschaft, noch von den ihnen den Kopf zudrehenden und sie ungeniert musternden Tischgenossen beirren. Das Gute an der lebenserfahrenen Suse war ja, dass Intimitäten über Klaus von Hardenbeck und ihre Kenntnis dessen sie niemals davon abbringen würde, ihn überaus zu schätzen, das wusste Hanne.

So begann sie also mit der Liebe ihres Lebens, die zwar nicht Reinhards schöne Augen hatte, das hatte niemand. Aber Klaus konnte Frauen auf eine Art und Weise ansehen (war Suse nicht entgangen), die ihm die Damen scharenweise ins Netz geschickt hätte, wenn ihm denn danach gewesen wäre. Doch das war nie sein Ding, ihm genügte eine Herzensdame und zum Glück war das Hanne.

Klaus pflegte seine männlichen Anliegen anzukündigen, indem er sich bereits von weitem vernehmlich räusperte und das Wohnzimmer betrat, ohne eine Fachzeitschrift oder eine Kaninchenkäfigdrahtzange in der Hand wie sonst.

Anfangs war es vorgekommen, dass sie sich dann in Alltagsgeplauder verfingen, bis sie ihm in einem einzigen Gespräch darüber darlegte, dass sie zwar willens sein, sich aber nicht willig zeigen konnte, sprich ihrerseits die wilde Maus zu markieren und den Akt zu starten, lag ihr einfach nicht. Seitdem nahm Klaus ihr Gesicht dann einleitend zärtlich in seine Hände und küsste sie sanft auf den Mund. Hier noch abzulehnen, wäre Hanne unschicklich vorgekommen, an dieser Stelle mussten sie beide wieder schallend lachen.

Was Klaus dann folgen ließ, erwies sich als so zartfühlend, so überaus eingängig und möglicherweise ein ganz klein bisschen uninspiriert, dass die früher schwer gebeutelte Hanne sich fragte, und allein für diesen Gedanken hätte sie sich stundenlang ohrfeigen mögen, ob sie es bei ihm überhaupt mit einem „echten Kerl" zu tun hatte.

Als solchen hatte sich ihr Ex, Reinhard, ja zweifellos immer betrachtet. Auf den Mund geküsst hatte der sie äußerst selten, es hätte auch nicht gepasst zu dem, was er sonst im Bett mit ihr anstellte. Hanne erinnerte sich noch mit Grausen an das metallisch knackende Geräusch, wenn er seine Gürtelschnalle – absurderweise irgendwas aus Texas -, ruckartig öffnete, das Knacken hörte sich fast noch schlimmer an als alles, was dann kam. Als Detail musste hier wirklich reichen, dass er sie zuweilen ankündigungslos anal penetrierte und ein einziges Mal erklärte er das damit, dass in Frankreich, wohin er Verbindungen hatte, die Mädels mächtig scharf darauf waren.

Hanne hätte da nur gerne müde und für alle Zeiten abgewunken, wie verprügelt hockte sie anschließend herum und vermied es, den allgegenwärtigen Nebenbuhlerinnen in ihrem Haushalt in die Augen zu schauen. Schon aus Selbstschutz hatte sie nicht das mindeste dagegen, wenn Reinhard sie andauernd betrog und ja, es hätte ihr wohl ein Zeichen sein können, dass von den weniger gierigen unter seiner Anbeterinnen, also denjenigen, welche sich in ihn verliebt hatten und die es nicht in seinem Fahrwasser nach oben treiben sollte, nach der ersten Begegnung im Bett nichts mehr zu sehen war.

Mittlerweile standen sie beide unweit der Schiffsanlegestelle in dem in der Septembersonne brütenden Linz unter einem Baum und trauten sich nicht weg, da keine von ihnen jetzt noch Abfahrtszeiten im Kopf unterbrachte. Hanne fiel auf, dass sie Suse noch nie mit ungemachtem Haar erwischt hatte, was nicht *burlesque* wirkte, sondern eher schwer nachlässig, doch wollte sie sich jetzt nicht auch noch darum kümmern.

Suses Frage, wie sie dieses Martyrium denn über immerhin fünfzehn Jahre hatte erdulden können, beantwortete Hanne zunächst einsilbig und dann damit, dass Reinhard ihr Ticket in eine Welt raus aus Bottrop war, dass sie schneller schwanger wurde als sie hätte *Halt!* rufen können und dass ihr allen damaligen Freiheitsgelüsten zum Trotz nie danach gewesen war, sich mit Kind allein durchs Leben zu schlagen.

Auch hatte sie eben einfach nicht gewusst, was ein

echter Kerl hätte sein sollen und was der richtiger- oder fälschlicherweise denn hätte wollen sollen. In ihrer Jugend hatte es dazu keinerlei Hilfestellung gegeben. Gertraud („Mama Gerdie") Halske, ihre Ziehmutter, hätte sich lieber die Zunge abgebissen, als zu dem Thema etwas zu sagen, ihr Mann Werner lachte dann bloß meckernd los. Hannes Geschwister, Dieter und Evelyn, beließen es bei schweinischen Anspielungen und eine Lehrerin, die diesbezüglich einen Vorstoß im Unterricht gewagt hatte, erlebte eine derart enthemmte Meute vor sich, dass sie das Thema sofort wieder vom Schulplan strich.

Hanne sog ihre mageren Erkenntnisse also aus Gerüchten über Flittchen, beziehungsweise Mädchen, die „es tüchtig besorgt bekommen wollten" und wollte schon vorsichtshalber und mangels Vorstellungskraft keinesfalls dazugehören. Also blieben Fragen. Ein Rätsel, das der rehäugige, junge Barmann Ali in der vergangenen Nacht erschreckend leicht gelöst hatte.

Jenseits aller Exotik hatte er dabei nicht mehr getan, als sich fest an sie zu schmiegen und ihr Becken in sanfte Schwingungen zu versetzen, begleitet von eher beiläufigen Stößchen. Dann hatte er das Ganze so langsam und stufenlos gesteigert, dass ihre unwillkürlich aufkommende Erregung locker mithielt und sie schließlich unter entschieden anbrandenden Wellen und fordernd männlichen Zuckungen gänzlich mühelos zum ersten vaginalen Höhepunkt ihres Lebens gebracht.

Mehr war nicht passiert, einmal hatte gereicht und Hanne verspürte keine Lust auf Wiederholung. Zumal Ali anschließend eifrig zu plaudern versucht und von allerlei Plänen erzählt hatte, für die ihm lediglich das Kleingeld fehlte. Hinterhältig hatte Hanne ihm radebrechend versichert, dass sie ihn auf keinen Fall vergessen würde.

Was soweit auch stimmte, da als Fazit eine Erfahrung blieb, bei der Ali die Mogelpackung Reinhard mitsamt seinem Rockstar-Gürtel und den Westernstiefeln, die er bisweilen anbehielt, ins Aus gepoppt hatte. Und das so selbstverständlich, dass sich Hanne am allermeisten dafür schämte, erst mit siebzig Jahren zu begreifen, dass Mann und Frau füreinander geschaffen waren. Tatsächlich hätte sie sich die Antwort auf ihre drängende Frage nicht so simpel vorgestellt.

Ihre Begleiterin hingegen brauchte gar nicht lange, um alles zu verdauen und schlug – nun wieder ganz Suse - gleich vor, Klaus künftig unauffällig von der Angelegenheit profitieren zu lassen. Das war Hanne entschieden zu forsch, doch ein Satz von Suse fasste die Lage trefflich zusammen: „Ehrlich, wie viele fahren ohne diese Erkenntnis in die Grube? Dafür hat sich's doch gelohnt!". Für diese Worte hätte Hanne sie küssen mögen.

Auf einem Stausee bei Bochum

Zu ihrer Verblüffung sagte Hanne das Gewässer dieses Mal überhaupt nicht zu. Also diese Art Wasser, welche sie im Frühsommer 2008 aus dem Fenster des Bordrestaurants des kleinen Ausflugsdampfers heraus im Blick hatte.

Dabei war es doch eine gute Idee gewesen, den Verwandtenbesuch aufs Wasser zu verlegen, wo ein schöner Ausblick einen friedlich werden ließ. Doch daraus wurde nichts. In die gähnend flache Landschaft hatte man bloß vor ein paar Jahren eine Menge Grundwasser in einen sehr großen Bottich laufen lassen. Der Bottich lief randvoll, ohne Platz für Strand zu lassen. Seitdem suppte darin alles vor sich hin.

Schilder säumten das Ufer. Im See zu baden war aufgrund zu vieler Keime verboten und das an sich recht klare Wasser mit Pflanzen weitläufig zugewuchert. Hanne hatte sich schon gefragt, ob in diesem Gewässer sonst irgendetwas lebte. „Hast du eine Ahnung", sagte Evelyn, ihre beleibte Adoptivschwester, beleidigt. „Hier gibt's massenhaft Fische und wer Fisch mag, der liebt das hier! Kürzlich hat sogar ein riesengroßer Wels oder Hecht einen armen, kleinen Hund ins Wasser gezogen und gefressen."

Diese Mitteilung füllte ihr die kugelrunden Augen mit Tränen und sie linste schuldbewusst unter den Tisch zu ihrem an Bord geschmuggelten Rauhaar-Dackel. „Na, nun braucht es aber den Fröschli", meinte sie übergangslos versöhnlich und zog ein dürftig vernähtes Etwas mit Fetzen als Gliedmaßen aus ihrer Tasche. Der Dackel nahm ihr das Ding höflich ab, legte es neben sich und die Schnauze aufseufzend auf die Vorderpfoten, mit abgewandter Blickrichtung zu Fröschli.

„Das mit dem bösen Fisch hätte ich nicht sagen dürfen, er versteht ja jedes Wort", hörte Hanne ihre Schwester bedauernd flüstern. Und gleich darauf laut und vorwurfsvoll an die eigene Adresse gerichtet: „Aber du hast ja gefragt! Und du bist bloß nicht gerne hier, weil du ja selber mal fast ertrunken wärst, nicht weit weg von hier. Weißt du das noch?" Evelyn schmunzelte nun vergnügt, ihre Augen glitzerten, die Erinnerung wirkte offenbar belebend.

„Du liebe Güte, nein", hörte sich Hanne überrumpelt sagen. „Wieso bin ich denn fast ertrunken?" - „Weil du blöd warst", kam es bereitwillig von der anderen Seite des Tisches, fast schon wie in einem schlechten Traum. „Ehrlich, ich fand ja immer, du warst total behindert. Du warst ja schon sechs, andere kommen da in die Schule. Aber nicht du! Du konntest gar nichts und gestunken hast du... ."

Evelyn hielt sich theatralisch die Nase zu, wogegen ihr pupsiger Hund und sein zersabbertes Spielzeug unterm Tisch anscheinend kein bisschen störten. „Ich habe gestunken?", fragte Hanne. „Ja, warum denn?" - „Weil du noch nicht mal scheißen gehen konntest, mit sechs! Ich verstehe bis heute nicht, wie Mami das ausgehalten hat. Windeln hat sie dir angezogen, bestimmt ein Jahr lang. Du konntest nicht laufen, nicht sitzen, hast nur geheult, nie was gesagt und immer bloß alles ausgekotzt, was wir dir auch gegeben haben! Im Ernst, du warst total behindert, fanden wir übrigens alle!"

Während sie sich mit gezierten Bewegungen die Krümel von der Dirndlschürze über ihrem ausladenden Bauch wischte, fiel der ihr gegenüber sitzenden Hanne schon länger nichts mehr ein, was sie darauf erwidern könnte. Noch viel mehr als vorhin an Land (wo noch Gelegenheit gewesen wäre, das Weite zu suchen), beglückwünschte sie sich nachträglich dazu, das Ruhrgebiet einst so jung und rasch wie möglich verlassen zu haben, sogar Reinhard erhielt ihren stummen Dank.

Als seien Tage und nicht Jahrzehnte vergangen, saß Evelyn Halske vor ihr und stopfte sich mit Waffeln voll. Wie eh und je begleiteten dabei immer unglaubwürdigere Bemerkungen jeden ihrer Bissen. - „Mmhmm, das ist ja das erste, was ich heute zu mir nehme...", - „Heute gönne ich mir einen Schlemmer-Tag nach der ganzen Woche auf Diät, ich kann dir sagen, da überkommt einen der Hunger!", - Und die Augen fest auf die Waffel geheftet, die sie mit beiden Händen umklammerte: „So, das noch, dann ist aber Schluss..." - (...) - „So gut wie nichts nehme ich zu mir. Aber das kann sich keiner vorstellen, der nichts an den Drüsen hat...." - oder, absoluter Gipfel des

Kabinettstückchens - „Das weiß doch jeder, mit den Diäten kommt der Vitaminmangel, der Kohldampf ist dann nur natürlich und eben die Folge. Sogar meine Ärztin rät mir: Los-lassen, Frau Halske, einfach mal loslassen und al-les essen, was schmeckt. Aber das sagt sich so leicht, wenn im Leben nichts weiter zählt als Disziplin...". Hanne hätte es vorher ja nicht glauben mögen, aber nach der ganzen Zeit brachte einen das kein bisschen weniger auf die Palme als früher.

Es war schon losgegangen, als sie ihre Schwester in deren kleiner Wohnung in Bochum aufgesucht hatte, um sie zu dem gemeinsamen Ausflug abzuholen. Dreißig Kilometer von Bottrop entfernt, wo sie zusammen aufgewachsen waren, - weiter hatte es Evelyn im Leben nicht geschafft. Und alles an den vollgepfropften anderthalb Zimmern - die brüchigen Vorhänge, von den Eltern übernommene, vergilbte Spitzendeckchen, die Kaffeeflecken darauf von verrutschtem Plunder notdürftig kaschiert, atmete eine ungeheuerliche Einsamkeit. Doch bevor bei Hanne Mitgefühl aufkommen konnte, war sie von Evelyn zur Begrüßung gleich erst einmal angepampt worden: „Weißt du, dass du wie die Alte von dem Honecker aussiehst? Mit den Jahren noch viel mehr, die Schwester von *der* könntest du sein!"

Nicht zum letzten Mal an diesem Tag hätte Hanne am liebsten auf dem Absatz kehrt gemacht. Doch war sie ja nicht ohne Grund hier und für den hieß es, was auch kam, durchzuhalten. Es würde schon nicht so schlimm werden, Evelyn hatte nur niemanden mehr, da wurde man halt seltsam. Also zusätzlich zu dem, was an Evelyn immer schon seltsam gewesen war.

Der nächste Klopper kam, als Evelyns Rauhaardackel Petri lustlos an einem Kumpan aus Stoff herumgezerrt hatte, um ihn dann an einem gewaltigen Haufen weiterer Stofftiere abzulegen, der locker für ein ganzes Kinderheim gereicht hätte. Dabei sah das Tier Hanne ernst und lange an, ganz so, als erwarte es von ihr eine Erklärung. Bevor sie etwas sagen konnte, entdeckte Hanne auf dem großzügig geschnittenen, rüschig verhängten Bett Myriaden großäugiger Puppen, wo zum Teufel schlief eigentlich Evelyn? Nach einem gehetzten Blick auf die Uhr sah sie dann zu, dass sie rasch loskamen.

Auf dem Weg zum See, den sie nun ansteuerten, erzählte ihr ihre schwer atmende und sich alle paar Meter irgendwo festhaltende Schwester, dass dieser See der jüngste einer ganzen Reihe von Stauseen rund um Bochum war, allesamt Überbleibsel des Bergbaus.

Evelyn war sichtlich stolz und endlich am See angelangt, versuchte Hanne, das Gewässer mit den Augen der Sporttreibenden auf den vielen Radwegen rundherum zu sehen und sich an den zahlreichen Singvögeln zu erfreuen. Aber verflixt, wieso hatten sie diese hässliche Zeche am Ufer stehen lassen und warum wirkten fast alle, die entgegenkamen, wie männliche oder weibliche Ausführungen von Evelyn in allen Altersstufen? Ein Heer pfundiger, schwadronierender und sich mühsam fortbewegender Leute, die scheinbar alle ebenfalls auf das kleine Ausflugsschiff wollten.

Ihre Adoptivschwester war nicht zum ersten Mal hier. „Na, mach hopp", sagte sie, ihre Tasche auf dem Boden ausbreitend. Ihr Dackel Petri tat einen Satz hinein und keinen Mucks mehr, bis sie auf dem Wasser waren. Hunde waren an Bord verboten, aber unter den Tischen quietschte und jaulte es verschiedentlich auf, was jedoch keinen störte, solange man seinen Hund nicht an der Leine über die Planken zog. „Das hab' ich gewusst, dass das mit dir und dem Reinhard nicht hält", sagte Evelyn, während sie Petri schnaufend unter dem Tisch aus der Tasche hob. „Du hast es natürlich vermasselt. So wie du immer alles vermasselt hast."

~

Nein, Hanne freute sich beim besten Willen nicht darüber, wieder zu Hause zu sein. Und doch rührte es sie, wie ähnlich Evelyn ihrer leiblichen Mutter, Mama Gerdie, geworden war. Alles war bei der Tochter heftiger ausgeprägt, zweifellos war sie noch unförmiger und selbstgefälliger als die Mutter und wenn schon Gerdie dazu neigte um den eigenen Nabel zu kreisen, so war das meiste von Evelyn längst in dem ihren verschwunden.

Trotzdem beschlich Hanne plötzlich ein warmes Gefühl. Von Mama Gerdie konnte man halten, was man wollte, also von der Frau, die ihre Kindheit im „Bund deutscher Mädels" immer herrlich gefunden hatte, die zeitlebens alle Ausländer inbrünstig hasste, die ihr leibliches Kind und den Haushalt sträflich vernachlässigte und ihrer Familie bloß Dosen aufgewärmt und für sich selbst ständig Tiefkühltorten aufgetaut hatte – dies war genau der Mensch, der für Hanne als Kind die Rettung bedeutet hatte und alles Glück jener Zeit. Ihr war nicht klar, ob Kinder in dem Alter, in dem sie damals war, sich generell erinnern konnten, aber sie tat es.

Sie wusste noch genau, wie verrückt sie als kleine Hanne danach war, sich in die großen, weichen und warmen Hände zu schmiegen, wie sehr sie es liebte, unter den Achseln geschnappt und herumschwenkt zu werden. Wie ekstatisch sie sich die Bäckchen hatte rot knutschen und knuddeln lassen und wie sie nicht das geringste dagegen gehabt hätte, den Rest ihres Lebens auf dem mächtigen Oberschenkel schaukelnd zu verbringen.

Doch was die Zeit davor anging, so erinnerte sie sich an überhaupt nichts, das war das Problem. Gerdie hatte nie einen Hehl daraus gemacht, dass Hanne nicht ihr leibliches Kind war, dazu war sie viel zu stolz darauf, ein Kind angenommen und groß gezogen zu haben. Sie tischte ihr eine Geschichte auf (ob einmal oder wie oft wusste Hanne nicht mehr zu sagen), wonach eine gute Bekannte – sie Freundin zu nennen, war selbst für Mama Gerdie zu dick aufgetragen – eine adrette Person, evangelisch wie sie selbst, natürlich deutsch, mit kleiner Familie, sie als Patentante auserkoren hatte, ganz kurz, bevor sie mit ihrem Mann tödlich verunglückt war. Keine Sekunde hätten sie, Gerdie, und ihr Mann Werner gezögert, ihr Versprechen einzulösen und das Kind der beiden zu sich zu nehmen.

Doch wenn es das Hannilein drängelte, mehr darüber zu erfahren, war aus der Mutter nichts mehr herauszuholen. „Ach, nun vergiss' das doch endlich, meine Kleene, du hast es doch gut bei uns... ." - „Kind, man soll die alten Geschichten ruhen lassen.

Und jetzt komm' mir doch nicht auch noch damit, wo mir heute der Kopf so weh tut... ." - „Nee, das muss jetzt warten, Hanne. Das läuft uns ja nicht weg."

Tat es leider irgendwann doch, später im Heim und längst dement geworden, erkannte Gerdie ihr Hannchen zwar noch, sie tätschelte ihr das Knie und ein Leuchten huschte über ihr Gesicht. Aber noch etwas über ihre Herkunft zu erfahren, das konnte Hanne vergessen und deshalb war sie jetzt hier. Vielleicht hatte ja Evelyn irgendetwas im Nachlass gefunden, über den sie nach dem Tod der alten Halskes vor ein paar Jahren, ohne ihre Adoptivgeschwister einzubeziehen, ganz allein verfügt hatte.

~

„Ja, wer hat sich denn bitte bis zum Schluss gekümmert?", sagte ihre Schwester gerade patzig, ließ jedoch den Dackel auf ihrem Schoß wieder unter den Tisch gleiten, als sie den eisigen Blick der Bedienung auffing. Hanne konnte sich gut vorstellen, wie ungeduldig Evelyn mit den alten Leutchen umgesprungen sein mochte während ihrer wöchentlichen Besuche. Mehr war zeitlich nicht drin gewesen, die geschickt frühverrentete Evelyn hatte ja auch an die eigene Gesundheit denken müssen, wenn es sonst schon niemand tat. Wer würde sie selbst denn bitte später einmal pflegen? Na, also.

„Da war nichts von dir dabei, bei Mamis und Papis Sachen, ehrlich!", sagte Evelyn schließlich auf Hannes Drängen hin, so dass diese langsam anfing, ihr zu glauben. Evelyn hatte ja noch eine andere Seite als die voll angestauter und konservierter Eifersucht, mit der sie Hanne heute so gründlich auf die Nerven fiel. Doch je länger Hanne es bei ihr aushielt, um so mehr begann sich auch wieder ihre alte, schwesterliche Vertrautheit einzustellen.

Eines musste man ihr lassen, mit Evelyn war immer jemand da gewesen zum Spielen. Hanne erinnerte sich nicht daran, jemals von ihr vor die Tür gesetzt worden zu sein, dazu war ihre Schwester viel zu froh über Gesellschaft. Zu Evelyns Bedingungen natürlich, Hanne lernte schnell, alles hübsch zu finden, was sich die Große um den Leib wickelte – und dass ihr Spiel in der Hauptsache darin bestand, den lebensgroßen und aus Bravo-Ausschnitten zusammengeklebten David Cassidy in Badehose auseinanderzufalten, sonst gut versteckt, denn das war nicht die Art Poster, die Mama Gerdie im Zimmer hatte hängen sehen wollen.

Wenn es Hanne nicht zu langweilig wurde, debattierten die Schwestern dann endlos darüber, wann der beste Zeitpunkt gekommen wäre, Evelyns Liebesfanpost einer Bombe gleich in sein Leben platzen zu lassen. Tatsächlich wollte das außerordentlich gut überlegt sein. Aus der Bravo wussten sie ja, dass David kaum Zeit für eine Beziehung hatte. Diese hätte schließlich zu bestehen neben seiner Filmkarriere, der Band und der Schule, sowie seiner rührenden Sorge um die Familie und dem großen Freundeskreis, der ihm wichtig war (hatte er im Interview erwähnt).

Hanne spürte, wie die große Schwester unter der seltenen Aufmerksamkeit, die ihr nun zuteil wurde, dahinschmolz. Zugleich hatte sie selbst längst genug und sah aus dem Augenwinkel das Boot nach seiner Runde wieder auf den Anlegesteg zusteuern. Gleich würden sie... .

„Außer diesem schweren Dingsda, klar. Das wollte ich ja gleich wegschmeißen, aber dann bin ich den übers Internet wie durch ein Wunder losgeworden, den hässlichen Leuchter." - „Leuchter? Was denn für ein Leuchter?" - „Guck nicht so, den hättest du dir eh' nie hingestellt, wo solltest du denn mit so was hin... ." - „Ein Kerzenleuchter, Evelyn? So wie diese silbernen... ." - „Unsinn, nein, viel zu hässlich, ein total verhauenes Teil. Da musstest du dreimal hinschauen, bis du gesehen hast, was das war. Sah aus wie was im Krimi, so ein Dings vom Kamin, mit dem man Leute totschlägt... .".

„Welche Farbe?" - „Was?" - „Na, der Leuchter!" - „Weiß ich nicht, schwarz." - „Und wieso gehörte der mir?" - „Weiß ich doch nicht, ich war neun! Noheun. Da wart ihr plötzlich da, du und der Leuchter.".

Sie schwiegen. „Und du wusstest, der gehört zu mir?" - „Ja doch, Herrgott." Evelyn rollte genervt mit den Augen und zog den zappelnden Dackel abermals auf ihren Schoß, während das Schiff kurz vor dem Anlegen lauthals tutete.

Als einzige auf dem Schiff hatten sie sich beide noch nicht erhoben und in die Schlange zum Aussteigen gestellt. Petri jaulte leise unruhig auf und Evelyn ließ ihn völlig abwesend von ihrem Schoß aus in die Tasche plumpsen, während Hanne sich zu ihr vorbeugte. „Evelyn, hast du gewusst, dass Mami mich als meine Patentante adoptiert hat, nachdem ihre Bekannten, also meine Eltern, ums Leben gekommen sind?"

„Hanne, sag' mal, das glaubst du doch nicht etwa?", Evelyn war nicht blöd, wenn es darauf ankam. „Mami konnte einem viel erzählen und was für gute Bekannte sollen das bitte gewesen sein? Die ihrem Kind bloß so einen hässlichen Leuchter hinterlassen und dafür kann es mit sechs noch nicht aufs Klo? Tolle Eltern."

Evelyn erhob sich ächzend und wischte sich mit der Serviette Hals und Dekolleté ab. Dann packte sie ihre Tasche mit Petri drin und watschelte voran in Richtung Bootsausgang. Bevor sie sich abrupt wieder umdrehte, fast mit Hanne zusammenstieß und sagte: „Liese, wieso fragst du die nicht? Tante Liese, die gibt's doch noch, die ist im Heim. Irgendwo in Bayern."

Das Café im Hamburger Hafen

Zweifellos war Hannes ehemaliger Arbeitsplatz der schönste der Welt, also zumindest der mit dem schönsten Ausblick der Welt. Sie hatte es seinerzeit kaum glauben können, wie freundlich die Stadt Hamburg, von der es ja immer hieß, wie reserviert dort alle seien, Hanne nach ihrem Umzug aus Berlin und der schmerzhaften Scheidung von Reinhard aufgenommen hatte. Und nun, inmitten der Neunziger Jahre und gut zehn Jahre nach ihrer gelungenen Einbürgerung hatte sie auf einem Spaziergang das frei stehende, frisch zur Seniorenresidenz umgebaute Kühlhaus mit der charakteristischen Glaskuppel erspäht. Sie hatte dort bloß anzurufen brauchen und konnte in dem Kaffeehaus ganz oben als Servicekraft sofort anfangen.

Aber die Sache hatte natürlich einen Haken – und der Haken hieß Hanne. Sie war zwar nicht behindert, wie es ihr Jahre später ihre Adoptivschwester Evelyn Halske an den Kopf werfen sollte, aber wie bei vielen Schmähungen war auch bei dieser im Kern etwas dran.

Sicherlich war es richtig, dass die kleine Hanne schon bald, nachdem sie mit sechs Jahren zur Familie Halske gefunden hatte, nicht mehr in die Hosen machte und sich so schnell und vielversprechend entwickelte, dass sie zum Erstaunen aller die Sonderschule hinter sich lassen konnte, bevor sie darin festsaß.

Allerdings war der Preis dafür, fortan die Regelschule besuchen zu dürfen, hoch. Die Zeit, die es brauchte, bis Hanne im Kopf Buchstaben aneinander gereiht zu Botschaften formen konnte, war in der genormten Welt, in die sie geraten war, nicht vorgesehen und so wurde unter Druck versucht, was mit Geduld wohl eher geklappt hätte. Das brachte bei Hanne die Wörter und Sätze vor ihren Augen zum Tanzen, was sich netter anhörte, als es war. Ein erstes, böses Erwachen gab es, als aufflog, dass sie mit elf Jahren noch nicht lesen gelernt, sondern oft einfach etwas nachgeplappert hatte oder sich mit viel Phantasie Dinge ausdachte. Wieder blieb Hilfe aus und so kämpfte sich Hanne schließlich mit einer erheblichen Lese- und Schreibschwäche durchs Leben.

Vielleicht wäre es sogar besser gewesen, sie hätte weniger intelligent und aufgeweckt ausgesehen, denn so geriet das Ganze zu einem außerordentlich mühsamen Versteckspiel, indem Hanne anscheinend bis in alle Ewigkeit vorgeben zu müssen meinte, Informationen genauso schnell zu verarbeiten, wie es offenbar jedem außer ihr gelang.

Sicher gab es dabei bessere und schlechtere Tage, doch wo anderen Menschen ein Blick auf ein Schild oder eine Karte genügte, brauchte Hanne manchmal Minuten, um zu entziffern, was darauf stand.

Ihre Lösung bestand darin, sich alles rundum einzuprägen, um es dann scheinbar problemlos abzulesen. Etwa, was sich wo auf einer Speisekarte fand und was es kostete, am besten in kombinierten Angeboten, weil ihr auch das Kopfrechnen schwer fiel. Ganz zu schweigen davon, was es bedeutete, dauernd die Nerven behalten zu müssen, wenn sie sich wieder einmal vertan hatte, damit das - wie gottlob meistens der Fall - rasch unter den Tisch fallen konnte.

Mit fast fünfzig Jahren fehlte es Hanne nun allmählich an Kraft dafür. Trotz Taschenrechner und Extrabatterien in der Tasche fühlte sie sich an diesem Morgen ihres ersten Arbeitstages hilflos und zittrig. Warum tat sie sich etwas so Altmodisches wie dieses Kaffeehaus überhaupt noch an und heuerte nicht in irgendeinem Billiglokal an, wo die Bedienungen die Bestellungen längst in ein klobiges Gerät eintippten, dass alle Berechnungen für sie übernahm? Damit bliebe ihr doch einiges erspart.

Während der Fahrt in dem gläsernen, brandneuen Aufzug, der sie hoch in den 13. Stock zu ihrem neuen Arbeitsplatz beförderte, drohte aus dem heiteren und sonnigen Tag einer ihrer schlimmsten zu werden. Ungefähr um den neunten Stock herum hatte sich in Hannes Kopf eine Endlosschleife festgesetzt mit dem Satz „Ich habe solche Angst, dass ich nur noch sterben könnte!", gerade als um sie herum die ersten Ah's und Oh's erklangen, ob der atemberaubenden Aussicht, den der Hamburger Hafen und die Elbe ihnen bei endlos blauem Himmel boten.

Hannes Blick landete auf der berüchtigten Köhlbrandbrücke. Jeder wusste, dass sich dort oben viele Leute das Leben nahmen, indem sie von eben dieser Brücke sprangen. Eigentlich gab es die Entfernung gar nicht her, als dass man an ihrem Platz genau hätte erkennen können, was sich dort im einzelnen abspielte. Und doch – Hanne gelang es gerade noch, sich die zurecht geschminkten Augen *nicht* zu reiben - nahm sie plötzlich im Fluss der Fahrzeuge eines wahr, das verbotenerweise anhielt. Jemand stieg aus, bewegte sich ohne Zeit zu verlieren auf die Brüstung zu und schwang sich unmittelbar darüber hinweg. Schon verlor sich der stürzende Leib in der Tiefe.

„Sie sind ja leichenblass, Sie sollten sich aber gut überlegen, ob sie hier oben arbeiten wollen", sagte jemand mitfühlend zu Hanne und als sie sich der Person zuwandte, bemerkte eine andere: „Das kommt hier oft vor. Viele vertragen die Höhe nicht, nehmen Sie doch nachher lieber die Treppen hinunter!"

Hanne blieb eine Antwort schuldig, doch kam es ihr vor, als trete sie völlig verändert oben aus dem Fahrstuhl in das erhaben ruhige Café. Alle Angst und Müdigkeit fielen von ihr ab, mit einem Mal wusste sie, hier würde sie es noch einmal schaffen. War eben ein anderer Mensch für sie gestorben, gewissermaßen an ihrer Stelle? Oder hatte ihr überreiztes Gehirn Hanne einfach einen bösen Streich gespielt?

Jedenfalls war es ein denkwürdiger erster Arbeitstag gewesen.

~

Von ihren persönlichen Schwierigkeiten einmal abgesehen tauchte Hanne in die Welt der Kaffeehäuser ein wie der Fisch ins Wasser. Erst recht bei einer so zauberhaften Atmosphäre wie hier.

Unter der Glaskuppel mit ihrer Illusion freien Himmels fühlte man sich unter Sonnenschirmen und Stoffen in leuchtenden Urlaubsfarben wie in einen, an der Adria gedrehten, frühen Farbfilm versetzt. Entsprechend angenehm war der Umgang, Bestellungen erfolgten in gepflegt leisem Ton, die Bewunderung über den spektakulären Rundumblick wurde beinahe flüsternd kundgetan. Hanne fügte sich nahtlos ein, ihre zarte Gestalt – sie war nicht kleinwüchsig, aber eben auch nicht groß - ließ die Gesichter sich aufhellen, wenn sie an den Tisch trat, wo sie es verstand, selbst hungrigen Unwillen dank ihrer unerschütterlichen Freundlichkeit zu dämpfen.

Intuitiv hatte Hanne immer gewusst, wo und wie sie gut zur Geltung kam und bereits ausstaffierte Welten, fertige Bühnen, wenn man so wollte, waren ihr am liebsten. Niemand ahnte, dass es für sie auch gar nicht anders ging, denn während sie sich in ihrem eigenen Haushalt immerzu von wachsendem Chaos bedroht fühlte, wirkte sie hier in ihrer geplätteten Uniform wie die Ordnung in Person und verhielt sich auch so. Wie an einer Schnur gezogen bewegte sie sich durch den Raum, völlig planlos und immer nur einen Schritt vor den nächsten setzend. Man hätte diese Präzision für gewollt halten können, doch gab es für Hanne keinen anderen Weg. Sie folgte einfach jeder Schwingung so lange, bis diese durch einen neuen Impuls abgelöst wurde.

Auf den Anfängerfehler, als Servicekraft überall zugleich sein zu wollen, wäre Hanne im Traum nicht gekommen, sie reagierte jeweils so unmittelbar, dass sich der betreffende Gast für den Moment lang ihrer vollen Aufmerksamkeit sicher sein konnte, was fast hypnotisch wirkte, wohl auch, weil die Leute das nicht gewohnt waren.

Wurde es ihr doch einmal zu viel, ließ Hanne einfach

den Blick aus dem Fenster über das Wasser gleiten, wobei sie die Richtung der Brücke bewusst aus-spar-te. Die Gäste taten es ihr automatisch nach und alle miteinander ließen sie sich dann von der Aussicht beruhigen. Und Hanne dachte wieder einmal daran, dass diese Arbeit wirklich das einzige war, was sie im Leben jemals beruflich hätte tun können.

Nur eine einzige Sache erlaubte sie sich nebenbei, nämlich jeden Samstag auf diesen breiten Rücken zu schauen, dessen Träger die Eigenart besaß, stets am selben Platz zu sitzen, zunächst noch in Begleitung einer alten Dame, später allein.

Sein Tisch war einer anderen Bedienung zugeteilt, deshalb kannte Hanne lange kein Gesicht dazu. Sie staunte bloß darüber und es vermittelte ihr sogar einen gewissen Halt, wie wenig dieser Mensch auf die grandiose Aussicht zu geben schien, da er seinen Platz auch dann nicht wechselte, als er es längst hätte tun können.

~

„Das ist doch der Herr von Hardenbeck. Der hat hier seine Schwiegermutter einquartiert, obwohl er und seine Frau längst geschieden sind", wusste eine Kollegin über ihn beinahe ehrfürchtig zu berichten. Dazu seufzte sie, es war ein offenes Geheimnis, dass hier einige sehr gern zur neuen Frau von Harden-beck geworden wären. Irgendwann erhaschte Hanne einen Blick von ihm. „Oh nein", dachte sie bei sich. „Nein-nein-nein-nein, *nein!*" Von schönen Augen hatte sie genug.

Die kräftige Männerhand ließ den Kugelschreiber darin so mühelos über ein Stück Papier fliegen, dass es Hanne einen schmerzhaften Stich versetzte. Es ließ sich nicht vermeiden, dass sie ihn doch einmal direkt ansteuern musste. Die Kollegin war erkrankt.

Gemessen an der Statur hätte Klaus einen der weni-gen Hafenarbeiter abgeben können, die es noch gab (freilich einen nicht mehr ganz so aktiv tätigen), doch war er ganz anders angezogen und man sah ihm den geistigen Arbeiter bereits von weitem an. Dass sein leicht gesenkter Kopf zusammen mit Hand und Stift eine Einheit bildeten, wäre wahrscheinlich niemandem außer Hanne aufgefallen, die aber vermochte sich von dem Anblick kaum zu lösen. So kam es, dass sie total versunken auf ihn zulief und zu spät feststellte, dass er blitzschnell aufgesehen und nach der Rechnung gegriffen hatte, die vor ihm auf dem Tisch lag. Verfluchter Mist, ausgerechnet bei ihm stimmte wieder irgendetwas nicht, zuckte es durch Hannes Gehirn und auf der Stelle bahnte sich bei ihr eine Panikattacke an. Schon wollten sich ihr die Tränen durch den Hals nach oben drücken.

Doch schwand die Gefahr so schnell, wie sie gekommen war. Von Hardenbeck schob ihr mitsamt einem Geldschein die Rechnung zu, meinte „stimmt so", lächelte leicht und wartete mit schräg gehaltenem Kopf, bis Hanne einen Tick zu abrupt vor ihm zum Stehen kam. Sie schwenkte formvollendet zur Seite, was an einen Knicks erinnerte, bedankte sich und wünschte ihm einen wundervollen Tag, in genau jenem liebenswürdig-unverbindlichen Ton, mit dem sie gewöhnlich Herren in die Schranken wies, welche auf eine Bedienung hofften, die nicht genau wusste, wofür sie zuständig war und wofür nicht.

Im selben Atemzug reute sie das zutiefst. Denn so dicht vor ihm stehend, begriff Hanne im Bruchteil der Sekunde, was sie verband, sie und diesen Mann. Sie waren *beide* vom Leben abgrundtief Erschöpfte. Hanne hätte natürlich nicht zu sagen gewusst, was bei ihm der Grund dafür war. Möglich, dass seine Güte ihn in seiner Kraft zeitlebens ausbremste, aber das ging sie ja auch gar nichts an. Nein, was viel stärker wog als alles andere in diesem Augenblick, war sein wortloses Verstehen von Dingen dieser Art, den Schutz, den er bot, so dass sie sich ihm impulsiv an die Brust hätte werfen mögen, um sich dort für den Rest des Tages auszuweinen.

Und noch etwas drängte sich ihr in dem ganzen Gefühlschaos auf, Hanne kannte das von ihrem eigenen, müden Selbst. Sollte hier ein Moment auf sie warten, in dem er den Versuch unternahm, sie näher kennenzulernen, dann würde es *nur diesen einen* und keinen zweiten Anlauf geben.

Langsam und etwas umständlich erhob er sich. Ein großer Mann, ein etwas zu breiter Mann, aber umwerfend in seiner Art. „Darf ich Sie noch etwas fragen?", begann er vorsichtig und sie sagte schnell und dieses Mal äußerst verbindlich „Ja". - „Es mag Ihnen möglicherweise seltsam vorkommen," arbeitete er sich vor. „aber wirke ich untätig auf Sie?" - „Untätig? Nein, ganz und gar nicht. Sie machen sich sehr fleißig Notizen!" - Sie hielt ihm seinen Kugelschreiber hin und er steckte ihn sich lächelnd in die Brusttasche. „Sehen Sie. Und Sie flitzen die ganze Zeit umher und kümmern sich um Ihre Gäste. Und trotzdem... " - Jetzt merkte sie, worauf er hinauswollte und lachte hell auf, einige Leute drehten sich nach ihnen um. - „.... finden wir beide irgendwie noch die Zeit, das zu bemerken," schloss er und fiel in ihr Lachen ein. Er freute sich sichtlich über seinen Mut und sah nun aus wie ein großer, sehr netter Junge, der sich mit fast schüchterner Geste den Arm rieb.

Er hob Hannes Welt innerhalb von Sekunden aus den Angeln und sie genoss es. Was die Leute dachten, hätte ihr inzwischen egaler nicht sein können, sie strahlte zu ihm hoch und fühlte sich durch seine freundliche Art kein bisschen mehr unterlegen. Begeistert sagte sie zu allem ja, was er vorschlug und musste sich mit einem Mal sehr konzentrieren um noch mitzubekommen, was sie da überhaupt alles bejahte. Das Kaffeehaus war nun wirklich zu einer Bühne geworden, zu einer Bühne für sie beide. In diesen Augenblicken begann für Hanne ein neues Leben. Herrlich.

An der Havel und auf der Spree

Welche Rolle Tante Liese in der Familie Halske genau spielte, hatte Hanne zeitlebens nicht herausgefunden. Liese Birkeland tauchte ab und zu auf, sah überhaupt nicht aus wie jemand aus der Bottroper Adoptivfamilie und ähnelte auch sonst niemandem, den Hanne kannte. Als Kind sollte sie Tante zu ihr sagen, auch wenn der Altersunterschied zwischen ihnen bloß zwölf Jahre betrug. Im Grunde war sie wie eine weitere Schwester, die äußerst selten vorbeischaute.

Liese trug gern schwarz, hatte eine knabenhafte Statur und ein großflächiges Gesicht, das in der Regel widerspiegelte, wie von Herzen gleichgültig ihr die Welt war. Was sie so durch und durch geheimnisvoll wirken ließ, dass es sich die übrigen sogar abgewöhnt hatten, sich heimlich Fragen zu ihrer Person zu stellen. Auch in Hannes Erinnerung an den frühsommerlichen Tag, den sie zusammen verbrachten, – es musste gegen Ende der Sechziger oder Anfang der Siebziger Jahre gewesen sein - trafen sie sich nicht, um tiefsinnige Gespräche zu führen. Sie hatten einfach ein bisschen Zeit miteinander verbringen wollen, weil sie sich, obwohl mittlerweile beide in Berlin ansässig, sonst eigentlich nie zu Gesicht bekamen. Das lag auch mit an Reinhard Fischer, den Liese spürbar nicht ausstehen konnte.

Ihr nahm Hanne das ab, im Gegensatz zu allen anderen Damen auf der Welt. Liese hatte ihr zwar nie etwas erzählt, sie aber auch noch niemals belogen. So war sie für ihre „Nichte" in Berlin unversehens zur einzigen Verbündeten geworden. Kein geringer Trost in Hannes schwieriger Beziehung zu Reinhard, bei dem sich die Frauen ihm entweder gleich an den Hals zu werfen pflegten oder ihn vorgeblich nicht leiden konnten, um ihn damit erst recht herauszufordern. Bei Liese hatte er es bislang nicht einmal versucht und, - zugegeben - , der Redeschwall aus seinem indianerbraunen Gesicht unter dem wilden Haarschopf wollte auch nicht zu ihrer asiatisch anmutenden Zurückhaltung passen.

Seinerzeit waren Liese und sie allein unterwegs gewesen, nur mit dem dreijährigen Stefan im Schlepptau. Sie waren in der fast leeren S-Bahn bis zur verlassen wirkenden Endstation nach Wannsee gefahren und von dort aus über die ewig lange Königsstraße bis ans Ende der Welt gelaufen.

Das Ende der Welt lag an einem teilweise grasbewachsenen Havel-Strandabschnitt unterhalb einer Schlossparkmauer und bot einen traumhaften Ausblick auf das eisblaue Wasser der Havel und die Glienicker Brücke, die wohl direkt nach Potsdam hineinführte, was sie aber nicht austesten konnten, weil mitten durch die Brücke die Grenze zum anderen Teil Deutschlands verlief, der Deutschen Demokratischen Republik oder auch kurz, der DDR.

So kamen sie vor dem überwältigenden Panorama zum Stehen, welches Hanne bei sich *Sonneneis* getauft hatte, wie sie Liese erzählte. Diese nickte dazu anerkennend, was Hanne überaus stolz machte. Tatsächlich bekamen die kristallklaren Blautöne der Havel und des Himmels im Sonnenlicht etwas eisig kühles, das wunderbar zu dem satten Dunkelgrün der Kiefern und den hier und da aus den Parks hervorlugenden Prachtbauten passte. Kein Ölgemälde (und es gab in den Museen einige davon) schaffte es, den Anblick so zauberhaft einzufangen, wie sie ihn hier im Original bewundern konnten. Aber natürlich hatten sie auch beide etwas von der eisigen Atmosphäre verspürt, die von der fast unsichtbaren Grenze ausging.

Obwohl es schon ein richtig heißer Sommertag zu werden versprach und noch dazu Wochenende war, schien außer ihnen niemand da zu sein und so breitete die schwangere Hanne eine sehr große Picknickdecke aus und verteilte darauf eine Menge mitgebrachtes Zeug. Der kleine Stefan lief sofort begleitet von allerlei Ermahnungen mit Schippe und Förmchen bewaffnet ans Wasser und Liese klemmte am Deckenrand, wie es ihre Art war, hielt die Beine untergeschlagen wie auf einem Foto, rauchte schon wieder und betrachtete intensiv jeden einzelnen ihrer dunkelviolett lackierten Fingernägel.

„Was stört dich denn nun eigentlich an Reinhard, Liese?" hatte Hanne sie gefragt, während sie etwas nervös das gegenüber liegende Ufer und die Brücke nach Volkspolizisten der DDR absuchte. Sonst waren die in Grenznähe meist immer irgendwo zu entdecken und beobachteten einen ohne Unterlass mit ihren Feldstechern. In der flirrenden Mittagshitze war jedoch kein Mensch auszumachen gewesen. Auf der Brücke hatten sie bloß ein paar provisorisch wirkende Weiterfahrsperren eingerichtet und nur ein paar bunte Bojen in der Mitte der Havel kündeten davon, dass es hier unmöglich war, einfach überzuwechseln. „Was stört mich denn an Reinhard, was hab' ich nur gegen ihn?", echote Liese und schickte genervte Blicke gen Himmel.

Hanne hatte nichts anderes erwartet. Sie setzte sich endlich schwerfällig hin und begann damit, das mitgebrachte Essen auszupacken, als unvermutet doch etwas von Liese kam. „Ungefähr hier muss es doch gewesen sein..." begann die mit einem unheilschwangeren Unterton und schon entfuhr es beiden wie aus einem Mund: „Horst Plischke!". Es war erst wenige Jahre her, da kam in der Havel nahe der Glienicker Brücke ein erst 23-jähriger Bürger der DDR bei seiner Republikflucht zu Tode. Ironischerweise war er nicht im Kugelhagel gestorben, den es zweifellos im Morgengrauen damals gegeben hatte, sondern ertrunken. Sie kannten seine Geschichte aus dem Radio. „Ja klar, hier ist es passiert", sprach Liese grimmig leise weiter und wieder stießen sie danach fast synchron den nächsten Satz hervor. „Und einen anderen haben sie erschossen, der wollte noch nicht mal abhauen!"

„Steffchen, nicht zu tief ins Wasser, was habe ich dir gesagt!", Hanne hatte sich empor gewuchtet, war losgelaufen und zog ihren widerstrebenden Kleinen ein Stück weiter das Ufer hinauf. „Das ist mir echt ein bisschen zu gefährlich hier, wir gehen auf keinen Fall ins Wasser!", bemerkte sie, als sie zurückkam und Liese schien das gut zu verstehen. Im Westen kursierten allerlei Gerüchte über unterirdische Selbstschussanlagen im Wasser, von denen keiner wusste, wann sie losgingen und wie weit sie im Falle eines Falles reichen würden.

Ob es daran lag, dass die schwangere Hanne in ihrem Zustand überempfindlich reagierte oder daran, dass Liese zwar wild herum unkte, aber kein bisschen mit auf das Kind aufgepasst und auch Hannes Bauch bloß mit einem knappen Seitenblick gestreift hatte, - die Freude an dem schönen Tag war auf einmal verflogen. Zumal Hanne nun auch noch der Agentenaustausch auf der Brücke zu Beginn der Sechziger Jahre in den Sinn kam und Liese ihr selbst inzwischen bald vorgekommen war wie eine Agentin. Mit den wasserhellen Augen in ihrem ausdruckslosen Gesicht, dem Turm hochtoupierter, schwarz gefärbter Haare über dem marmorhellen Hals sowie der Tatsache, dass sie den Reißverschluss der enganliegenden, schwarzen Jacke die ganze Zeit hochgezogen behielt und auch keine Anstalten machte, die limonenfarbene Hose auszuziehen.

Das alles hatte sie der armen Hanne immer fremder werden und wie eine Figur aus einem Krimi erscheinen lassen. Bohrte sie die zarten, nackten Füße da nicht reichlich nervös in den Sand? Und wer von ihnen hatte eigentlich noch mal die Idee zu einem Picknick ausgerechnet an diesem Ort gehabt?

Mitten in ihre düsteren Überlegungen hinein hatte Liese dann doch noch weiter über Reinhard sprechen wollen. Das war ganz typisch für sie gewesen, auf Fragen nicht richtig zu antworten und dann den Gesprächsfaden unvermutet wieder aufzunehmen, wenn man schon gar nicht mehr damit rechnete.

„Dein Reinhard… ", begann sie und wies dabei mit dem Zeigefinger und der Zigarettenspitze in der Hand kurz und beiläufig auf Hannes Bauch, „... der ist doch so ein ganz Linker, ist es nicht so? Und da will er nicht da drüben... ", - Kopf und Zigarettenspitze deuteten nun kaum merklich in Richtung Brücke, „... beim Aufbau des Sozialismus mithelfen? Ach ja, natürlich, es braucht ja hier auch ein paar Leute, die für die gerechte Sache kämpfen. Schon klar, dort drüben sind ja alle schon dafür, sind ja nicht groß gefragt worden. Komisch nur... ", es war auch ganz Liese, ihr Gegenüber nicht mehr zu Wort kommen zu lassen, indem sie einmal begonnene Sätze nahtlos aneinander reihte und nur stoppte, wenn beide Luft holen mussten, „ ... mhm ... dass die Leute von drüben wie der arme Plischke und Konsorten in der Gegenrichtung unterwegs sind und es sich ihr Leben kosten lassen, bei der Show nicht länger mitzumachen. Mhm ... Hanne, ich meine ja nur, dass dein Reinhard schon sehr genau weiß, bei wem er seinen Schnabel so weit aufreißt und wo er sich das im Leben nicht trauen würde! Ich verstehe nur nicht, wieso ausgerechnet du ... auf so einen ... "

„Ausgerechnet ich? Wieso denn ausgerechnet ich?" Aus reinem Instinkt war ihr Hanne blitzartig ins Wort gefallen und der Moment, in dem sie einander nun reglos in die Augen starrten und Lieses blasse Wangen langsam Pfirsichfarben anliefen, war in Hannes Erinnerung zu einer Ewigkeit angewachsen.

85

Endlich sprach Liese mit inzwischen puterroten Backen weiter, „Na,... weil du doch hier das Leben ... im Westen ... kennst, weil du hier... aufgewachsen bist. Mensch, Hanne, du siehst doch auch, was da drüben los ist!". Sie hatte ihre Zigarette dann ungeduldig im Sand ausgedrückt und alsbald zum Aufbruch gedrängt.

Hanne erinnerte sich, als ob es gestern gewesen wäre. Ja, an diesem Tag hatte ihr Liese gegen alle Gewohnheit deutlich gesagt, was sie von Reinhard hielt und von Hannes Beziehung zu ihm. Und doch gelang es Hanne während der ganzen Zeit nicht wirklich, sich aus ihren Worten einen Reim zu machen.

~

Es sollten annähernd dreißig Jahre vergehen, bis sie einander wiedersahen, es mangelte eben doch an Zeit und Berührungspunkten zwischen ihnen. Hanne hatte es weiter mit Reinhard probiert und noch mehr Kinder bekommen, sich schließlich scheiden lassen und lebte nun in zweiter Ehe verheiratet seit langem in Hamburg. Liese, die sich immer sehr mit moderner Kunst beschäftigt hatte, heiratete einen reichen Kunsthändler und war ihm nach New York gefolgt.

Und doch war es wieder Berlin, wo sie einander erneut begegneten. Und zwar im Spätsommer 2002 anlässlich des siebzigsten Geburtstages einer gemeinsamen Bekannten, welche auf die Idee zu einer Spree-Rundfahrt gekommen war. Da Klaus nicht mitkommen konnte, hatte Hanne die aufgekratzte und restlos begeisterte Suse mitgenommen, da selbst für alle in Berlin Lebenden Rundfahrten auf der Spree zu jener Zeit noch etwas ganz Besonderes waren.

Die Spree, eigentlich ein Seitenarm der Havel, welcher Berlins Innenstadt einmal von West nach Ost querte, lag auf ehemaligem Ostberliner Terrain und damit bis zum Fall der Mauer in tiefem und schwer bewachten Dornröschenschlaf. Zumindest in Suses und Hannes Generation steckte die Erinnerung daran den Leuten noch hartnäckig in den Knochen und führte dazu, dass selbst beim Einsteigen in das Ausflugsboot manch einer misstrauisch um sich spähte. Ertappten sich zwei dabei, brachen sie in verlegenes Lachen aus und ergingen sich in Versicherungen, wie seltsam es sich anfühlte, hier einfach so ungehindert entlang schippern zu können.

Anscheinend schien das Ganze noch viel verwunderlicher, wenn man jahrelang nicht in Deutschland gewesen war. Liese, die neben einer strahlenden Suse Platz genommen hatte, schaute mit beinahe schreckensstarren Augen um sich und rauchte die ganze

Zeit über wie ein Schlot. Sie trug eine weiße Pelzjacke, hielt ihre teure Tasche fest umklammert und nickte Hanne so flüchtig zu, als sei ihr letztes Wiedersehen lediglich ein paar Wochen her. Suse, der völlig unklar war, wen sie vor sich hatte, betrachtete Liese unverhohlen neugierig und stellte ihr andauernd Fragen, auf die sie entweder gar keine oder nur äußerst einsilbige Antworten bekam.

Unweit vom Brandenburger Tor hatten sich alle an der Bootsanlegestelle versammelt und schließlich das offene Oberdeck des langgezogenen Ausflugskahns erklommen. Danach ging es in scheinbar gemächlichem Tempo los, die teils verwilderten und teils städtisch verbauten Ufer der Spree entlang. Ganz nahe führte es sie vorbei an dunkelgrauen, majestätischen Prunkbauten wie dem Bode-Museum oder dem Berliner Dom. Weniger ufernah, dafür aber brandneu und gigantisch erstrahlten das Kanzleramt oder der Hauptbahnhof und dazwischen gab es wie aus der Zeit gefallene Enklaven alternativen Lebens, die aus wild gezimmerten Bretterbuden, einem Haufen Grün, zerfetzten Sonnensegeln und aufgesprühten Parolen bestanden. Auch für die, die Berlin bislang gar nicht kannten, wirkte das zugleich weltläufig und aufregend unbezähmbar.

Als einzige von alldem ein bisschen enttäuscht starrte Hanne auf das schmutzig-graue Wasser der Spree, das auch der schöne, klare und bereits herbstlich anmutende Tag nicht schillernder färbte. Ähnliches empfand sie, wenn sie einen verstohlenen Blick auf Lieses dunkles, zerfurchtes Gesicht unter deren edlem und vielfarbig schimmernden Bob warf. Der Seidenglanz des originellen und gepflegten Haarschopfs bot einen harten Kontrast zu den tiefen Ringen um die schwermütigen Augen der mittlerweile über Siebzigjährigen. Von der kaum zehn Jahre jüngeren Suse schienen Liese gefühlte 25 Lenze zu trennen.

Von ihrer Sitznachbarin zu ihrem Leben in Amerika befragt, machte Liese nur eine wegwerfende Handbewegung und eine abfällige Bemerkung dazu, dass man sie dort ihrer Rauchleidenschaft wegen inzwischen wohl lieber tot sähe.

Da Liese kaum Gesprächsstoff hergab (jedenfalls nicht, solange sie mitten unter ihnen saß) stürzte sich die sensationshungrige Suse sehr bald auf die zahlreichen und meist gefährlich niedrigen Brücken, unter denen das Boot hindurchfuhr. Bei einigen ließ sich sogar im Sitzen mit ausgestreckter Hand die Decke berühren und die Kähne waren schneller unterwegs, als man das spürte. Bereits vor dem Start rieten Lautsprecherdurchsagen dringend davon ab, während der Tour aufzustehen und vor jeder auftauchenden Brücke erinnerte ein Gong noch einmal daran, unter allen Umständen sitzen zu bleiben.

Suse wusste zu berichten, dass es hier schon zu Unfällen gekommen war. Erst unlängst hatte das Fernsehen den Tod eines Siebzehnjährigen gebracht, mit Bildern von dessen abgedecktem Leichnam, unter dem nur ein bleicher Kinderarm hervorschaute. In dem Beitrag war auch erörtert worden, ob eine Mutprobe Schuld an dem Unglück war, Unbedachtheit oder aber die Absicht des jungen Menschen, sich selbst umzubringen, was Suse für das wahrscheinlichste gehalten hatte. An dieser Stelle drehte Liese das Gesicht zum Wasser und übergab sich.

Als würde das nicht reichen, wurde sie von ihrer Sitznachbarin anschließend auch noch gefragt, ob ihr das passiert sei, weil sie ebenfalls mit dem Gedanken spiele, sich das Leben zu nehmen. Hanne hatte geglaubt zu träumen und es war alles andere als ein schöner Traum gewesen. Hinter dem weißen Taschentuch, dass ihr jemand reichte, hatte Liese hervor gemurmelt, *„Zuweilen.* Und Sie?" Das war dann selbst Suse zu viel, sie brachte es gerade noch fertig, stumm den Kopf zu schütteln.

Hanne musste ihr Gedächtnis später regelrecht dazu zwingen, einzelne Momente dieses, im Nachhinein für sie kaum noch erträglichen Tages abzurufen. In ihre Reue, diesen Trampel Suse zu der Fahrt mitgenommen zu haben, mischte sich Entsetzen über das, was aus der Liese, die sie einmal gekannt hatte, geworden war. Vielleicht spielte auch Hannes eigene Angst vor dem Alter mit hinein oder Lieses Auftauchen hatte dunkle Erinnerungen wachgerufen – jedenfalls bestand Hannes Reaktion im wesentlichen darin, für die nächsten Jahre einfach zu vergessen, dass Liese Birkeland überhaupt existierte.

An und auf dem Starnberger See

Das Jahr 2008 war für Hanne unversehens zu einer Zeit familiärer Aufarbeitung geworden. Nachdem sie im Frühjahr nach Ewigkeiten wieder einmal ihre Adoptivschwester Evelyn Halske besucht hatte, machte sie in den Sommerferien mit Tochter Caroline und den Enkelkindern für ein paar Tage die Stadt München und deren Umgebung unsicher.

Während Caro alle für eine Museumstour im Stadtzentrum zu begeistern versuchte, hatte sich ihre Mutter mit ihrem Vorschlag für eine Schiffstour auf dem Starnberger See durchgesetzt. Nun ließen Hanne und die neunjährige Sophie (eigentlich Karelia-Sophie) und der siebenjährige Jan (offiziell Kiljan-Alexander) es sich an einem Tisch auf dem Mitteldeck gut gehen, etwas notgedrungen, da oben auf dem Sonnendeck kein Platz mehr war. Der guten Laune tat das keinen Abbruch, Hanne und die Kinder alberten herum, während Caro ihren unterschwelligen Ärger bezwang, indem sie sich ständig auf die Suche machte, um Eis oder Kuchen heranzuschaffen, das schönste Fotomotiv oder auch einfach eine Toilette zu finden. Hanne war das ganz recht, sie und ihre Tochter fingen schon wieder an, einander ein bisschen zu sehr auf die Nerven zu fallen.

„Omi, wir machen doch keine Dampferfahrt – es gibt schon gaaanz lange keine Dampfer mehr", meinte der kleine Jan gerade altklug und versuchte sie alle drei in technische Details des Propellerantriebs für Ausflugsschiffe zu verwickeln, womit er seine Großmutter heillos überforderte.

Hanne war das peinlich. Was nahm sie denn eigentlich an Wissen mit, wenn sie Jahr für Jahr über die Gewässer schipperte? Die Routen merkte sie sich ohnehin nie und bekam anscheinend noch nicht einmal mit, wie sich die Dinger unter ihrem Hintern fortbewegten. „Aha – Propeller also und kein Dampf, das muss ich mir unbedingt merken!", sagte sie folgsam, aber leicht abwesend zu ihrem Enkel, mit den Gedanken schon wieder bei etwas anderem.

Die kleine Sophie kümmerte es gar nicht, wie sie vorwärts kamen, sie fuhr mit dem Finger an der Scheibe entlang. „Habt ihr gehört? Da drüben ist der König ertrinken gegangen! Der war nämlich krank im Kopf, der König und dann wollte der unbedingt im See baden gehen, obwohl das viel zu kalt war. Und dann sollte der Arzt auf den König aufpassen, der hat aber nicht aufgepasst und dann haben sie im See gekämpft und ..."

„Aber Sophie, was erzählst Du denn da?", Hanne war wieder voll da, schüttelte energisch den Kopf und wollte gleichzeitig die Scheibe mit einem Tempo von dem Gekrakel der fettigen Kinderhand säubern, dem Prospekt auf dem Tisch entnehmen, ob das Mädchen sein Wissen vielleicht daher hatte und nach Caro Ausschau halten, die es ganz sicher nicht guthieß, wenn sich ihre wohlbehüteten Kinder mit dem

Untergang des bayerischen Königs im See befassten. Caro ließ die beiden ja noch nicht mal fernsehen.

„Jan, jetzt erklär' uns doch noch mal, wie das funktioniert mit dem Schiffsmotor", rief Hanne extralaut und strich der schmollenden Sophie über die Wange. Das Kind hielt Gott sei Dank dicht, als Caro ganz außer Puste und mit einem Tablett voller Kaffee und Kuchen angelaufen kam und die Großmutter hielt den brisanten Moment bereits für ausgestanden.

Leider nur bis zu dem Augenblick, als sie am Ende der Tour noch einmal an dem Ort Berg vorbeikamen und die Geschichte des unglücklichen bayerischen Königs abermals aus dem Lautsprecher schallte, offenbar für alle, die es bis dahin noch nicht mitbekommen hatten.

Ausführlich und in voller Lautstärke wurden sie darüber informiert, dass genau an dieser Stelle König Ludwig der Zweite sein Leben ließ, gefolgt von seinem unachtsamen oder auftragsmordenden (das wusste man nicht genau) Leibarzt, im Grunde ganz so, wie Sophiechen es bereits geschildert hatte. „Hab' ich doch schon vorhin gesagt", maulte diese dann auch gleich los und Caro, deren Wangen sich bei der Durchsage zusehends rot färbten, empörte sich nun prompt und ebenfalls lautstark darüber, was die Leute hier in ihrer Affenliebe zu ihrem durchgeknallten König unschuldigen Kinderohren zumuteten.

Das wiederum trug ihnen böse Blicke von den Tischen ringsum ein nebst schwer verständlichem Gebrummel in der Art, wenn einen die bayerische Geschichte nicht kümmere, solle man besser gleich zu Hause bleiben.

Hanne war das alles denkbar unangenehm, vor allem, weil sie wusste, dass und wie lange ihre Tochter ihr dieses Ereignis nachtragen würde. Aber anderntags wären Caro und die Kinder ja schon wieder auf dem Weg nach Hause, daran dachte sie auch ganz erleichtert. Hanne selbst hingegen würde noch etwas länger hier in Bayern bleiben, sie war ja noch aus einem anderen Grund hier.

~

„Also Sie würden gern unsere liebe Frau Ortega-Birkeland besuchen. Sie ist Ihre Tante, meinen Sie", sagte die Dame an der Rezeption der Klinik am Starnberger See sinngemäß und zum wiederholten Mal, immer noch kaum verständlich für Hanne wegen des schweren bayerischen Zungenschlags. „Ja, deshalb bin ich ja gekommen und das würde ich weiterhin gerne tun", antwortete Hanne überdeutlich, und starrte ihr mittlerweile leicht gereizt auf die starken Oberarme, die aus der Rüschen-Bluse ihres Dirndls ragten und in den ausladenden Ausschnitt. Ungefragt äußerte diese daraufhin etwas, das klang wie „Naaa – so schaun mer ned alle Dag aus!". Es war die Zeit des Oktoberfests in Bayern, deswegen trügen viele, einige auch bei der Arbeit, Tracht. Ach so, dachte Hanne, der die bayerische Lebensart inzwischen schon recht eigen vorkam und taufte die üppige Klinikkraft im Stillen bei sich unfreundlich *Dragoner*.

„Wissen Sie – unsere liebe Frau Ortega-Birkeland ist nämlich nicht wegen des Alters hier, also nicht nur", ging die seltsame Infoveranstaltung der Klinik-angestellten weiter. „Möchten Sie nicht vielleicht, dass jemand mitkommt von uns und sie begleitet bei Ihrem Besuch unserer lieben...". „Ach, das wird wohl nicht nötig sein, danke sehr", schnitt ihr Hanne das Wort ab. Du liebe Güte, wo war Liese denn hier hineingeraten? Über diesen Eindruck konnte auch der prächtige Seeblick mit Alpenpanorama durch die übergroßen Fenster nicht hinwegtäuschen, das klang ja wie in einer Anstalt.

Der Dragoner schwang sich unvermutet leichtfüßig von seinem Sitz und trat hinter der Rezeption hervor. „Wenn Sie das wünschen, liebe Frau von Hardenbeck, bringe ich Sie jetzt sofort hin zu der Frau Ortega-Birkeland. Aber es schaut immer mal jemand bei Ihnen beiden vorbei und Sie geben bittschön gleich Laut... " - „Natürlich!" - , „... wenn sie unruhig wird, sie ist nämlich doch recht unruhig manchmal, unsere... " - „In Ordnung!" - „Na, dann kommen Sie mal mit... ". Hinter dem Rücken des voranschreitenden Dragoners konnte Hanne nicht anders, als die Augen zu verdrehen.

Lise Ortega-Birkeland stand auf dem Schild neben der Tür und die über sich selbst verblüffte Hanne bemerkte mit einem Blick und im Vorbeigehen, dass sich Liese offenbar ohne „ie" schrieb. Wenn Liese noch gut beieinander war, konnten sie vielleicht jetzt zusammen darüber lachen, dass sie das die ganzen Jahre über nicht wusste. Nur gut, dass sie sich nie etwas geschrieben hatten! Hanne schmunzelte erwartungsvoll, dankte dem Dragoner kühl und schloss von innen leise die Zimmertür.

Ihre Augen suchten eine ganze Weile in dem Klinikzimmer herum, das überhaupt nicht so aussah, sondern ausgestattet war wie ein überladener Salon inklusive halb zugezogener Samtvorhänge. Hanne wollte gar nicht wissen, wie teuer der Aufenthalt hier war. Schließlich fand sie Liese als zusammengesacktes Persönchen in einem überdimensionierten rosa Sessel, den jemand an einen glänzend gewienerten Mahagonitisch geschoben hatte. Hastig überschlug Hanne, wie viel Zeit seit ihrem letzten Treffen vergangen war und konnte kaum fassen, dass die Spree-Fahrt nur ganze sechs Jahre her sein sollte.

War das hier tatsächlich Liese oder hatte man sie vielleicht zu der falschen Patientin geführt? Nichts, aber auch gar nichts an dem wie geschrumpften und fast durchsichtigen Wesen, das dort im Dunkeln hockte, erinnerte noch an die Liese, die sie einmal gekannt hatte.

Als sie sich endlich traute, näher zu treten, merkte Hanne, dass sie sich hier vielleicht zum ersten Mal im Leben groß, direkt stattlich und gesund vorkam – verglichen mit ihrer „Tante". Erschüttert starrte sie auf Lieses uralt wirkenden Hände, die sich krallenartig in die Sessellehnen bohrten, und auch als der dürre kleine Mensch mit dem schütteren weißen Haar Hanne langsam das Gesicht zudrehte, gab es kein spürbares Wiedererkennen. Das flächige Gesicht von einst mit den hohen Wangenknochen war völlig eingefallen, die ehemals graublauen Augen wirkten wegen der riesenhaft vergrößerten Pupillen pechschwarz und beinahe wie blind, der Mund stand wie bei einer Sterbenden leicht offen. Um Gottes Willen, sie wirkt, als sei sie über neunzig, dachte Hanne. Dabei konnte Liese doch allenfalls... - also sie selbst war jetzt fünfundsechzig, plus zwölf Jahre Altersunterschied... - also konnte sie höchstens... , die Zahlen purzelten nur so durch Hannes Kopf, ... Ende siebzig sein. Aber höchstens.

„Liese? Ich bin es - Hanne!" Sie zog sich einen Stuhl heran und überlegte, ob es sich schickte, die Ältere zu berühren. In diesem Zustand war sie ihr so fremd, so entsetzlich fremd. „Liese?", wiederholte sie, während sie sich langsam hinsetzte. „Ich bin es doch. Hanne..." Als sie sich schon fragte, ob Liese überhaupt noch auf sie reagieren würde, hörte sie, wie Liese ihren Namen hauchte. „Hanne? Hanne...", Erst so, als wüsste ihr Gegenüber nichts mehr damit anzufangen, doch dann kam leise, aber deutlich „Hanne – was tust du hier? Was ... tust – du ... hier?"

„Ich bin gekommen, um dich zu besuchen!", Hanne brüllte ihr das vor Aufregung fast ins Ohr und bereute es sofort, denn Liese schrak merklich zusammen. - „Du bist ... gekommen ...". Sie starrte sie weiter aus ihren schreckgeweiteten Augen an und fuhr fort zu stammeln. „Hanne... - Hanne...- Hanne, warum bist du denn gekommen?"

Oh Gott, dachte Hanne, das wurde wirklich mühsam, hielten sie das hier beide durch? Sollte sie einfach nichts mehr sagen, der Älteren bloß still eine Weile die Hand halten, es dabei belassen und dann verschwinden? Andererseits war das hier die letzte

Chance, etwas darüber zu erfahren, wer sie war, das war zu spüren. Vielleicht musste sie nur etwas Geduld haben und abwarten. „Hanne...", klang es fast tonlos in ihre Überlegungen hinein aus dem Halbdunkel des Ohrensessels. „Hanne, bist du da, um dich an mir ... zu rächen? Bist du da, um mich zu ... willst ... du mich ... richten?"

„Was?", Hanne schaute ihr forschend in die riesigen, so dunkel gewordenen Augen. „Nein, Liese, nein! Was soll denn das, weswegen denn? Ich wollte dich doch nur wiedersehen. Um Himmels Willen, Liese, wofür in aller Welt sollte ich mich denn an dir rächen wollen?"

„Weil ... weil ... ich ... nicht ... auf dich aufgepasst habe. Auf dich nicht ... und nicht auf die anderen. Es ... es war ... mir alles so egal. Es war doch Krieg, Hanne ... Krieg!". Sie war kaum zu verstehen, die Worte kamen ruckartig, zögernd, elend langsam und wie von einer unermesslichen Schuld beladen. „Ich ... ich konnte es doch nicht. Ihr wart... so viele... so viele Kinder.... und es war so, so schwer..."

Hanne schaffte es nicht, ihr einfach zuzuhören. Ihr steckte urplötzlich eine eiskalte Faust in der Brust fest und zwang sie, Liese mindestens ebenso erregt dazwischenzureden. „Liese, was war denn so schwer? War ich in einem Heim? Waren wir zusammen in einem Heim, Liese?" - „Hanne ... du weißt es doch. Gertraud ... sie meinte immer, sie hat es dir gesagt. Du weißt Bescheid, hat sie gesagt...". - „Nein, Liese, das stimmt nicht. Mama Gerdie hat mir nichts gesagt! Was war denn bloß los?"

Hanne hatte in ihrem Eifer die dürre Hand ergriffen und das war definitiv ein Fehler. Wie von einer Vogelkralle wurde ihr eigenes Handgelenk nun gepackt und eisern festgehalten, Hanne bekam das panikartige Gefühl, sich nicht aus dem Griff befreien zu können. Vorsichtig löste sie mit der freien Hand Lieses Finger, woraufhin diese blitzschnell losließ, sich aber nun dafür in ihren Arm krallte, was wirklich höllisch wehtat. „Liese, bitte... bitte... . Au – du tust mir weh. Lass' mich doch bitte los!"

Liese ließ nicht los. „Du weißt es. Sie hat es dir gesagt und du weißt es. Nun bist du gekommen, ... um mich zu richten", wiederholte sie hartnäckig, während ihr schmaler Körper langsam zu zucken begann. Hanne merkte, wie ihr die Sache total entglitt, doch war sie auf einmal unfähig, noch irgendetwas zu tun. Verzweifelt sprach sie weiter. „Liese, ich weiß ... überhaupt nichts!"

„So viele Kinder... immer all diese schreienden Kinder... und die Schwestern verschwanden... eine nach der anderen ... machten sie sich aus dem Staub! Sie haben uns alle zurückgelassen! Und der Hunger, Hanne, wir hatten alle solchen Hunger und alle schrien immerzu..." - „Oh Gott, Liese, bitte beruhige dich doch...". Aus dem Augenwinkel bemerkte Hanne blutige Streifen an ihrem Oberarm, unter Lieses verkrallter Hand hervor. Vor ihr wand sich die alte Frau wie eine Schlange, versunken in ihren schmerzhaften Erinnerungen.

Hanne musste etwas unternehmen. Sollte sie um Hilfe brüllen? Aber dann würde sie garantiert nichts mehr erfahren. Wieder versuchte sie, Lieses Hand zu lösen, während sie weiter beruhigend auf sie einsprach. Wieder war das ein Fehler, dieses Mal noch ein deutlich schlimmerer. Lieses Hand erwischte ihre Kehle und drückte nun mit ungeahnter Kraft zu. Ganz allmählich sank Hanne röchelnd von ihrem Stuhl in Richtung Tisch.

Besonders merkwürdig war, dass Liese das alles kaum zu bemerken schien. Sie warf scheue Blicke in Richtung Hanne, zuckte weiter konvulsivisch und wirkte, als wolle sie sich die andere bloß vom Leibe halten. Dabei hielt ihr Gemurmel an. „Hanne ... ich... konnte doch alleine nichts tun ... . Schwester Franziska ... sie war da, aber sie war ein Teufel! Ein wahrer Teufel, obwohl sie aussah wie ein Engel. Sie war es ... sie hat immer gesagt, ich soll es tun. Du tust, was dir gesagt wird, Liese, sonst ..."

Für einen winzigen Moment schien der alte Rebell und Querkopf Liese wieder hervor, als sie jetzt die Zunge herausstreckte und Grimassen schnitt. „ ... die Kinder den Männern mitgeben ... was machen Männer mit Kindern, frage ich dich. Sie haben mich oft vergewaltigt, aber Kinder, kleine Kinder ..." - „Liese, bitte, du bringst mich ja um! Du bringst mich noch um. Bitte lass' mich ... doch los..." - Hanne brachte die Worte nur noch röchelnd hervor.

„Schwester Franziska, die hat gesagt, ich soll dich hergeben ... selber tat die gar nichts, immer nur ... Befehle! Nichts als Befehle ... von diesem Teu-fel! Der dicke Mann kam jede Woche ... dich hat er oft ... mitgenommen. Er hatte... die Hand... in deiner Hose ... da wart ihr noch nicht mal in seinem ... noch nicht mal im ... Auto. Ich soll froh sein, wenn er dich lebend wieder bringt, hat sie gemeint .... dieser Teufel, Hanne, all diese Teu-fel in Men-schen-gestalt!"

Plötzlich schoss es Hanne bei diesen Worten messerscharf ins Gesäß, so dass ihr allein davon ganz schwarz vor Augen wurde – und das, obwohl Liese sie gerade zu Tode würgte. Vielleicht... war es ja nicht das schlechteste, wenn sie jetzt hier starb, unter der Hand ihrer ehemaligen Aufpasserin.

Plötzlich ergab alles einen Sinn, ihre ewigen, nicht enden wollenden Unterleibsentzündungen, die alle auf die Geburten schoben, die sie aber schon lange vorher hatte, eigentlich immer schon. Nie hatte sie sich das erklären können.

„Hanne ... du ... darfst nicht über mich richten. Bitte ... Hanne ... ich konnte doch nichts tun. Du ... du hast gelebt, du hast so geschrien ... sahst überall so schlimm aus ... aber du hast gelebt. Hanne ... meine kleine, so kleine Hanne ... du hast doch gelebt ...“

Tatsächlich war für Hanne in diesem grässlichen Moment etwas anderes am allerschlimmsten. Zusammen mit dem physischen Schmerz schoss ihr eine Art Eingebung ins Gehirn, nach der sie sich in ihr Schicksal ergab, wenn sie jetzt sterben sollte.

Hanne wurde von der blitzartigen Erkenntnis getroffen, dass sie nie verliebt in Reinhard Fischer gewesen war. Seine rüde Art war ihr nur so entsetzlich *vertraut* gewesen.

~

Sie fühlte sich wie auf Wolken gebettet, doch lag das an der flauschigen Oberweite des Dragoners, an der sie hinterrücks lehnte. Deren Träne war ihr gerade aufs Gesicht getropft und sie vernahm gestammelten Dialekt, der abwechselnd aus Entschuldigungen bestand und aus Erkundigungen, wie es ihr ging. Hannes Hals tat grausam weh, sie musste husten und sich räuspern und versuchte leicht strampelnd, sich aufzusetzen. „Langsam, langsam!" erklang das, was dem Dragoner dazu einfiel. Sie war gerade dabei gewesen, ihr etwas einzuflößen, das Hanne nun kalt in den Ausschnitt floss.

„Was ... ist mit ... Liese?", brachte Hanne mühsam krächzend hervor. Das Letzte, woran sie sich erinnerte, waren laute, erregte Rufe gewesen und das Trappeln einer Menge Füße. Danach ein heftiger Luftzug und Geschrei im Ohr. Es hatte furchtbar geknackt, als jemand Liese die Finger brechen musste, um Hanne das Leben zu retten. „Der Frau Ortega-Birkeland geht es gut", versicherte der Dragoner leise, „bis auf die Hand ..."

Hanne hatte sich endlich aufgesetzt und gemerkt, dass sie auf einem kostbar bezogenen Diwan lag. Ein würdiges Totenbett, aber da war sie wieder. Vorsichtig fasste sie an ihre ramponierte Kehle, wie sollte sie das bitte zu Hause erklären? Ein Arzt würde sie gleich untersuchen und wahrscheinlich müsste sie ins Krankenhaus, ließ der Dragoner sie wissen. „Nein, bitte in kein Krankenhaus ...", Hanne fiel das Sprechen wirklich noch verdammt schwer. Anzeige erstatten wollte sie auch nicht, vielleicht doch nur etwas zu trinken, bitte.

„Bitte – wenn wir Aufsehen vermeiden können, dann sollten wir das tun.". Hanne merkte nach ihren Worten der anderen ihre immense Erleichterung an. Natürlich war es schrecklich, was passiert war, aber Hanne wusste auch, dass sie selbst mitverantwortlich dafür war.

„Bitte versuchen Sie doch, Ihrer armen Tante das zu vergeben. Die Frau Ortega-Birkeland ist ein ganz armer Mensch, ganz ein armer Mensch", hörte sie den Dragoner stammeln. Jetzt im Alter fiele es ihr immer schwerer, ihre entsetzliche Kindheit in der Nazibrutstätte „Lebensborn" zu verarbeiten. Fast jede Nacht hätte sie heftigste Alpträume, oft auch tagsüber. In ihrer Aufregung gab die Klinikangestellte deutlich mehr preis, als bei der Diskretion des Hauses offenbar sonst üblich. Hanne war das recht, so erfuhr sie wenigstens endlich etwas.

„Was ist das für ein Heim ... Lebensborn?", fragte sie unter viel Geräusper und mühsamem Schlucken und entlockte der anderen, dass es nicht nur ein Heim, sondern viele gegeben habe, in der im dritten Reich „rassereine", zum größten Teil uneheliche Kinder geboren wurden. Dass Liese irgendwie aus Norwegen dazu gestoßen sei (das hätten sie dem Namen und den vorhandenen Papieren entnommen), als eines der ersten Kinder. Liese war in einem Leipziger Heim zur Welt gekommen und gegen Kriegsende nach Steinhöring in Bayern gebracht worden, als man die Heime in der allgemein herrschenden Not zusammenlegte. „Diese armen Kinder müssen wirklich von allen gehasst worden sein", meinte der Dragoner mitleidig. „Die einen hassten sie wegen dem ganzen Rassenwahnsinn, andere wegen der unmoralischen Haltung der Eltern, wieder andere, weil Kinder nun einmal nicht von allein aufwuchsen, erst recht nicht im Rudel und wenn sie noch so blond waren ... . Was diese armen Menschen durchgemacht haben und wie sie ein Leben lang daran zu tragen haben, das kann sich einfach kein Mensch vorstellen", seufzte die Klinikangestellte.

„Nein", krächzte Hanne oder dachte sie es sich nur bei sich? Das konnte sich wirklich kein Mensch vorstellen.

An der Ostsee

„Sag' mal, Hanne – soll ich nicht den Brief für dich öffnen und ihn dir vorlesen? Ich sehe doch, wie schwer dir das fällt.". Auffordernd schaute Ute, die Frau von Stefan, dem älteren Sohn von Hanne, sie an. „Was? Nein, ich... "

Als sei sie soeben erwacht, starrte Hanne auf ihre leicht zitternden Hände, die den Brief aus Bayern hielten, den sie seit Wochen ungeöffnet mit sich herumtrug. Es war Anfang Dezember und schon recht kalt hier auf Rügen, vielleicht zitterten ihre Finger auch deswegen. Wer wollte das so genau sagen?

Das Jahr 2011 war bisher nicht leicht für sie gewesen, das war kein Geheimnis, man sah es Hanne deutlich an. Klaus hatte sich nach schmerzvollen Jahren nun endlich dazu entschlossen, sich eine künstliche Hüfte einsetzen zu lassen, - in einer darauf spezialisierten Einrichtung in einem Ort namens Damp an der Ostsee - , und Hanne freute sich über das Angebot ihres Sohnes, mit seiner Familie einige Zeit auf Rügen zu verbringen und Klaus auf dem Rückweg aus der Klinik abzuholen.

Rügen – das hatte nach Ostseeheilbädern in hinreißender Landschaft und schmucken Strandvillen geklungen. Gelandet waren sie jedoch in einer Musterferienwohnung im Block 2 von Prora, dem „Koloss von Rügen", einer kilometerlangen Bauruine aus dem dritten Reich. Einst als monumentales „Kraft durch Freude" (oder so ähnlich)-Seebad geplant, war es wegen des Krieges seinerzeit niemals fertiggestellt und später teilweise vom Regime der DDR für militärische Zwecke verwendet worden, was die Sache für Hanne nicht sympathischer machte.

Sie hasste hier einfach alles, angefangen bei den allgemein viel zu niedrigen Decken, die bei ihr Platzangst auslösten, bis zu den absurd hohen Hauseingängen, in denen man sich wie eine Ameise vorkam. Die ewig langen Bauriegel am Strand erinnerten sie an die Siebziger-Jahre-Betonsünden in Spanien und sie wäre am liebsten vor den andauernden, allzu wohlwollenden Bemerkungen ihres Architektensohnes Stefan davon gelaufen, der nicht aufhören konnte, die gute und unbedingt erhaltenswerte Bausubstanz zu loben. All die Ferienwohnungen, die hier in der gewaltigen Ruine mithilfe des Architekturbüros, in dem er arbeitete, entstehen sollten, hätten Meerblick, das sei doch großartig.

Ohne diesen Meerblick hätte Hanne es hier auch überhaupt nicht mehr ausgehalten. Sie hatte beschlossen, so viel Zeit wie möglich auf Ausflügen zu verbringen, aber nun war ihr der verflixte Brief wieder in die Hände gefallen.

„Also gut!" - Resigniert reichte Hanne den Brief an die pragmatische Ute weiter. Den Inhalt konnte sie sich ja in etwa schon denken und da war es ganz gut, dass Stefan und die fast erwachsenen Töchter der beiden gerade nicht zugegen waren. Ute, die wenn möglich noch unscheinbarer wirkte als Stefan, hatte sich für Hanne als Schwiegertochter seit langem bewährt. Sie war freundlich und taktvoll, überaus praktisch veranlagt - und sie konnte den Mund halten, wenn es darauf ankam.

Wie erwartet enthielt der Brief die Mitteilung, dass Lise Ortega-Birkeland Ende des Sommers mit knapp

80 Jahren verstorben war. Unterzeichnet worden war das Schreiben von einer Frau Doktor Therese Huber, ärztliche Leiterin der Klinik, wobei es sich mit großer Wahrscheinlichkeit um den Dragoner handelte. Hanne leistete nachträglich innerlich Abbitte für ihre Art, wie sie mit der Ärztin umgesprungen war, die ihr immerhin das Leben gerettet und ihr nun so mitfühlend geschrieben hatte.

Liese hatte Hannes Namen wohl noch oft erwähnt, die Klinikleiterin eins und eins zusammen gezählt und ihr in dem Schreiben „alle erdenkliche Hilfe und Unterstützung" angeboten, ohne für Dritte zu sehr ins Detail zu gehen. Als Ute fertig mit Lesen war, schaute sie deshalb auf und Hanne aus sehr großen und fragenden Augen an.

„Liese und ich – wir waren Lebensborn-Kinder", erklärte ihr Hanne ohne Umschweife, schilderte kurz, was genau darunter zu verstehen war und bat sie, es einstweilen für sich zu behalten. „Oh Gottogott", sagte Ute und begann, unsichere Blicke um sich zu werfen. „Jetzt verstehe ich, wie diese Anlage hier auf dich wirken muss. Möchtest du, dass wir abfahren?"

~

Nein, abfahren wollte sie nicht, aber Hanne war Ute dankbar, wenn diese mit ihr auf allerlei Ausflüge drängte, um dem Prora-Koloss so oft wie möglich zu entgehen. Dank Utes Energie, mit der die es gewohnt war, ihre Familie in die gewünschte Richtung zu schieben, hatten sie bereits am frühen Vormittag auf der Fähre gesessen, die sie zur nahegelegenen Insel Hiddensee brachte, wo sie nun den endlosen, weißen Strand entlang spazierten. Hier konnte Hanne endlich durchatmen und sich den Ostseewind um die Nase wehen lassen.

So mausgrau Stefan und seine Frau auch wirkten - ihre beiden Töchter, Maybritt und Stella, hätte niemand so schnell übersehen, sie waren auffallend hübsch geraten. Stella, die Jüngere, war ein hellblonder Traum mit ellenlangen Haaren und Beinen, ihre blauen Augen leuchteten wie Scheinwerfer und stellten noch die ihrer Tante Caro in den Schatten. Maybritt war zierlicher gebaut, mit dicken, bernsteinfarbenen Locken und ganz ähnlicher Augenfarbe, die vielen Sommersprossen in dem herzförmigen Gesicht erhöhten noch ihren Reiz. Sie war fröhlich und frech, ihre Schwester bezaubernder-weise eher still und schüchtern. Und über ihre Schönheit hinaus waren alle beide sehr liebenswürdig, zugewandt und wie ihre Eltern äußerst hilfsbereit.

Aber sie waren halt Jugendliche, die einander gerne und ausdauernd neckten und erschreckten, indem sie angeblich heimlich Bernstein aufgesammelt und sich in die Taschen gesteckt hatten. Dort entpuppte sich der ebenso vermeintlich als mörderischer Phosphor, ein Relikt aus dem Krieg, das wirklich existierte und sich todbringend durch Stoff und Finger zu brennen vermochte, was die Mädchen, die so taten, als sei ihnen das soeben passiert, gellend aufschreien ließ.

Immer wenn sich die Aufregung deswegen gerade gelegt hatte, fing eine wieder damit an. Und während die Schwestern vor Aufregung quietschten, sich totlachen wollten, einander knufften oder in den Sand schubsten, gingen die Scherze ihrer dünnhäutig gewordenen Großmutter jedes Mal durch Mark und Bein. Stefan stolzierte wie ein Hahn um seine schönen Töchter herum und versuchte, sie für sein Architektengeschwafel zu begeistern, Ute und Hanne blieben, lange Blicke tauschend, zurück, bis sie außer Rufweite geraten waren und ungestört reden konnten.

„Das ist vielleicht ein Jahr", sagte Hanne und erzählte, dass ihr Caroline im Frühsommer Reinhard Fischers Todesanzeigen aus der Zeitung gezeigt hatte, verschiedentlich mit Bild. Darauf hatte Reinhard zwar gealtert, aber unverändert attraktiv und mit geblecktem Gebiss lächelnd seinem brachialen Unfalltod entgegengesehen. Eine Menge Leute hatten bekundet, wie sehr sie den Professor, den politischen Weggefährten, aber auch den Menschen geschätzt hatten und wie sehr sie ihn nun vermissten.

Ute nickte dazu, sie hatte es natürlich mitbekommen. Stefan und seine Geschwister waren auf der Beerdigung ihres Vaters gewesen. Nun waren sie also beide tot, der Reinhard und die Liese.

„Wirst du etwas von den Angeboten der Ärztin annehmen?", fragte Ute sie, woraufhin Hanne sie und sich selbst fragte, was man sich wohl darunter vorzustellen habe. „Na ja, Anlaufstellen etwa, Therapien oder vielleicht Selbsthilfegruppen", meinte die studierte Psychologin Ute. Oje, dass sie entsprechend ausgebildet war, hatte Hanne schon wieder vollkommen vergessen und wurde darüber knallrot, was aber bei dem Wind und am Strand dankenswerterweise völlig unterging.

Eigentlich wollte Hanne von der ganzen Lebensborn-Sache genauso wenig noch etwas hören oder sehen wie von den monströsen Rügener Prora-Betonbatterien, ihr wurde bloß schlecht davon. Das nun auch noch vor fremden Menschen auszubreiten – und von diesen womöglich auch noch abschätzig oder mitleidig betrachtet zu werden, was sollte ihr das bringen?

Im Grunde hoffte Hanne, dass sich das Ganze mit Lieses Ableben auch für sie gewissermaßen einfach erledigt hätte. An lückenlose Aufklärung glaubte sie sowieso nicht, Lieses Raunen von „so vielen Kindern" hatte sie durchaus noch im Ohr. Wer merkte sich denn bitte in einer solchen Situation und als so junger Mensch, wer zu wem gehörte? Oder dachte mitten im Krieg an Papiere, die es aufzuheben und gewissenhaft zu ordnen galt?

Und selbst wenn es wider Erwarten so gewesen sein sollte, was sagten einem denn die Namen der Erzeuger? Dieser im besten Fall Verzweifelten, die unter anderen sie, Hanne, auf diese Weise losgeworden und niemals abgeholt hatten, denn sonst gäbe es doch die Halskes nicht in ihrem Leben. Und ihre echten Eltern hatten, sofern da noch jemand lebte und willens und in der Lage war sein Kind zu finden, doch Jahrzehnte Zeit gehabt, um aufzutauchen.

Und wenn es so ganz Überzeugte gewesen waren, nach dem Motto „heim in den Familienschoß", wenn schon nicht „heim ins Reich" - hätte ihr das etwa zugesagt? Gerdies Gerede von ihrem „hellen Kindelein" (Hanne hatte wirklich lange geglaubt, für besonders schlau gehalten zu werden), war ihr doch wahrlich genug auf die Nerven gefallen. Sie ermüdete schon, wenn sie nur zu lange darüber nachdachte.

Und was war von dem Vorschlag zu halten, eine Selbsthilfegruppe von Lebensborn-Kindern zu besuchen? Sie drehte sich von Ute weg und starrte auf die aufgewühlte See. Das eigene Leid tausendfach erleben – wie sollte man denn beschaffen sein, um *das* auszuhalten? Wem aus der ganzen Bandbreite menschlichen Erlebens würde sie zuhören müssen? Denen vielleicht, welche ihr Leben nur noch auf vergangenes Elend ausrichteten? Solche ertrug sie doch genauso wenig wie die, welche immer meinten, ihnen habe rein gar nichts geschadet. Als unbezahltes Ohr dafür herzuhalten - wurde man davon nicht erst recht depressiv?

Dazu gab es doch nahezu überall Betonköpfe, die sich das alles auch noch schönredeten. Wer schützte sie denn davor? Nichts wollte Hanne weniger, als einem zuhören müssen, der ihr augenzwinkernd klarmachte, sie seien eben alle wirklich ganz besonders und hätten für einen höheren Zweck gelitten … .

Nun kam die Sonne heraus und ließ das Ostseewasser geradezu karibisch türkisblau schimmern, was für ein herrlicher Anblick und das bei den weißen Dünen und den bunten Leuchttürmen! Weiter vorn alberte Stefan mit seinen beiden Mädchen herum. Ging es nicht gerade endlich mal wieder aufwärts? Das fragte Hanne sich und Ute. Klaus hatte doch am

Telefon vorhin eine ganz andere Stimme als vor der Operation gehabt. Kaum noch Schmerzen und sie hatten ihn da verblüffend schnell wieder auf die Beine gebracht.

Konnte nicht nun ein richtig schöner Lebensabschnitt für sie beide beginnen, ohne dass man ständig an Vergangenem kleben musste? Möglicherweise war es ja Lieses Vermächtnis, keinem von damals zu vertrauen, weil Extremsituationen eben alle Menschen überforderten. Warum also nicht einfach einen Schlussstrich ziehen nach Lieses und Reinhards Tod? Im Gegensatz zu Liese hatte Hanne ja nichts bewusst miterlebt und also auch vergleichsweise wenig darunter zu leiden.

Ute kam ihr zwar damit, sie solle „die Tür zu dem, was geschehen war, unbedingt offen halten", - das war augenscheinlich Psychologen-Jargon - und es war ja auch sehr nett von ihr, dass sie für Hanne so viel wie möglich über die Lebensborn-Heime in Erfahrung bringen wollte, aber eigentlich hatte sich Hanne doch entschieden. Sie würde aufhören, sich damit zu befassen. Sie würde es gut sein lassen.

Auf der Elbe

Die Rückfahrt nach Hamburg war gut verlaufen, Stefan und Familie hatten sie mit ihrem Kleinbus wohlbehalten zu Hause abgesetzt. Nun schenkte Hanne in der Küche Tee ein und erfreute sich an Klaus' gesunder, frischer Gesichtsfarbe.

Im Schein des schrägen Winterlichts, das durch die ungeputzten Fenster fiel, blinzelte er leicht geblendet und lächelte sie an. Er dankte ihr lautlos und fasste den Teepott mit beiden Händen, weil sie ihm versehentlich wieder einen ohne Henkel zugeteilt hatte. Hanne seufzte leise und sank etwas zurück, denn wie gewohnt ging es in ihrem Haushalt überaus chaotisch zu. Das gesamte Küchengeschirr war ein

Sammelsurium aus angeschlagenen Teilen, überall lag etwas auf den verstaubten und verklebten Oberflächen voller Krümel herum und alles schrie bei diesem Licht geradezu danach, dass jemand Ordnung in die Sache brachte.

Klaus schien wie stets nichts davon zu bemerken, später würde er sich vorsichtig und unaufgefordert daran machen aufzuräumen, so gut er es eben vermochte. Das hatte er sich in seiner Ehe mit ihr sicher auch anders vorgestellt. Ehe sie es sich versah, hatte Hanne leise zu weinen begonnen.

„Nicht doch, mein Geliebtes", Klaus nahm ihre Hand in seine und versuchte mit seinem sauberen Stofftaschentuch in der anderen Hand, über den Tisch hinweg, ihre Wange zu trocknen. „Es war gewiss alles etwas viel in der letzten Zeit, ich bemerke das schon seit einer ganzen Weile. Mein Liebes - willst du mir denn nicht erzählen, was dich so bedrückt?".

Nein, Hanne wollte nicht. Sie schüttelte gequält den Kopf und murmelte eine Ausrede. Und wenn diese blöde Küche in Trümmern lag, es war ihr alles herzlich egal. Ihr und Klaus sollte es gutgehen und wenn dazu gehörte, dass sie ihre Augen fest verschlossen hielt vor dem, was unbedingt die Wirklichkeit sein wollte, dann war es eben so. „Keks?", fragte sie und kramte eine zerknüllte Packung hervor. Er nickte freundlich, erhob sich mühsam und zauberte mit leicht abwesendem Gesichtsausdruck eine hübsche Keksdose aus dem Schrank, in die er die Kekse mit seinen ruhigen Händen aus der zerknitterten Tüte umfüllte. Hanne schämte sich in Grund und Boden. Das Beste war wohl, wenn sie so taten, als gäbe es sie und all die Unordnung, die sie mit sich schleppte, überhaupt nicht.

Eine Weile saßen sie da so, tranken Tee, knabberten an den Keksen und lächelten einander hin und wieder wie beiläufig an. Wie immer ging seine Ruhe allmählich auch auf sie über, als er plötzlich unvermutet sagte: „Gut, mein Schatz, dann werde ich etwas erzählen, wenn es dir recht ist. Es gibt da etwas, was seit langem auf meiner Seele lastet. Möchtest du es hören?"

Hanne atmete tief durch. Wollte sie etwas hören, was seit langem auf Klaus' Seele lastete? Sie nickte langsam und stellte fest, dass sie ihn vor lauter eigenen Sorgen fast vergessen hatte. Er beklagte sich so gut wie nie. War er deshalb womöglich selbst schuld daran, wenn man ihn vergaß? Sie wartete gespannt.

„Es ist schon lange her, 1984 war das, also gut siebenundzwanzig Jahre ist das jetzt her", begann er, wie immer für ihr Verständnis beneidenswert schnell im Kopf. Er sprach mit gesenkter Stimme weiter.

„Meine Ehe mit Rita lief nicht gut, Simone war so acht oder neun Jahre alt. Nachdem sie auf der Welt war, hatte Rita noch einige Fehlgeburten, das hat uns sehr belastet. Aus heutiger Sicht wollte sich Rita danach wohl neu ausrichten oder sie hat sich das Leben an meiner Seite immer anders vorgestellt. Ich weiß es nicht."

Er machte eine Pause und Hanne entspannte sich. Das waren sicher eine Menge Probleme. Aber wie anders war seine Ehe doch verlaufen als die ihre mit Reinhard. Für ihre Begriffe konnte man auch darauf neidisch werden, doch das würde sie ihm natürlich niemals sagen. Auf einmal spürte sie, wie ihr Interesse erwachte. Wer war der stille, freundliche Mann an ihrer Seite eigentlich?

„Ich habe es nicht mehr ertragen, wie ihre Augen leuchteten, wenn sie wieder einer schillernden Persönlichkeit begegnet war und ich wollte diese Leute auch nicht zu Hause haben", sagte er, noch im Nachhinein unwillig. „Und mit Aktienkäufen unser Familienvermögen aufbessern, das war auch nie mein Plan. Sicherlich ist mein Lehrergehalt nie das gewesen, was sie sich von einer Heirat mit mir versprochen hat. Aber ich hatte auch ein Schneewittchen geheiratet im Glauben, es sei mit dem zufrieden, was wir hatten. Das war es leider nicht im geringsten."

Er hatte Schneewittchen schließlich noch einmal getroffen, dieses Mal nannte es sich Maria. Ebenfalls unglücklich verheiratet, auch mit einer kleinen Tochter, die ihre hieß Ariela. Das Kind war ein bisschen jünger und deutlich zarter als seine Simone. Natürlich hatte er sich aus heutiger Sicht etwas vorgemacht, gestand Klaus ein. Maria war im Grunde kein bisschen weniger kapriziös als Rita, sie glichen einander wie Schwestern. Hinzu kam Marias im dritten Reich fast ausgelöschte Familie. Das machte sie verletzlich, anfällig und ihre Nerven schwach, was er alles aus nächster Nähe deutlich weniger verkraftet hatte als den mit viel Abstand und Analyse absolvierten Geschichtsunterricht in der Schule.

Heute war ihm das alles klar, seinerzeit war es ihm nicht klar gewesen. Er hatte mit Maria, ihrem Kind, und wenn ein bisschen Zeit vergangen wäre, dann auch mit Simone, ein neues Leben beginnen wollen. So war es zu jener verhängnisvollen Elbrundfahrt gekommen, zu dem gute Freunde von Maria sie, Ariela und ihn selbst eingeladen hatten.

Klaus hatte sich nichts dabei gedacht, er kam ja aus Hamburg. Hunderte Male hatte er so etwas schon mitgemacht, nie war etwas passiert. Das war der Moment, in dem Hanne auf einmal den Atem anhielt. „Wir waren schon in gereizter Stimmung an Bord ge-

gangen, ich weiß gar nicht mehr, weswegen", erzählte er leise weiter, mit gesenktem Kopf und die eine
große Hand in den Nacken gelegt. „Sie war drüben
auf der anderen Seite des Schiffes, als es passierte.
Ich war der Meinung, das Kind stand neben mir, wir
hatten doch noch miteinander geredet, die Kleine
und ich.

Als das Schiff mit einem anderen kollidierte, gab es
so einen Stoß, dass ich mir sofort schwer das Bein
verletzte. Ich weiß noch, wie ich den kleinen Körper
neben mir griff und dann ging ein unglaubliches
Kämpfen los. Alles drehte sich so schnell, dass man
überhaupt nichts machen konnte und das viele Wasser war auf einmal da und machte alles stockdunkel
und zog an mir und zog und zog... ."

Hanne spürte ihr Herz bis zum Hals hinauf schlagen.
Sie starrte ihren Mann an, dessen Stirn inzwischen
die Tischplatte berührte, die Hände über dem Kopf
zusammengeschlagen. Schließlich sah er gequält zu
ihr hoch und sie verstand, dass ihn dieses Ereignis
gebrochen haben musste.

Als es ihn an den Elbstrand geschwemmt hatte, lebte
das Kind in seinen Armen. Das war die gute Nach-
richt. Doch war sein Haar hell, das war ihm in der
Finsternis gleich aufgefallen. Es war nicht Ariela gewesen, er hatte sich und ein anderes Kind gerettet. Es

waren besonders viele Kinder an Bord gewesen und bei dem Unglück waren etliche von ihnen ums Leben gekommen.

Nachforschungen hatte er nie angestellt, obwohl unendlich viel über die Havarie des Schiffs geschrieben worden war. Hanne nickte und nahm ihn still in den Arm. Irgendwie hatte er gespürt, dass Maria lebte und Ariela tot war und sie wusste, dass er sich da vermutlich nicht irrte. Manches wusste man einfach, vielleicht erst recht, wenn man nicht danach suchte. Dann teilten sich die Dinge eben anders mit.

Auf der Mosel

Im darauffolgenden Sommer, also dem des Jahres

2012, saß Hanne in einem Liegestuhl auf dem offenen Deck der 'Mosel-Melodey', einem, worauf der Name nicht unbedingt schließen ließ, äußerst geräumigen, komfortablen Flusskreuzer.

Das Gesicht der Abendsonne zugeneigt redete sich Hanne hier ein, ihre Ruhe zu genießen. Suse hatte sich bereits den ganzen Tag über einen Menschen schön getrunken, der es sichtlich darauf anlegte und selbst für ihre Verhältnisse mit aller Konvention gebrochen, indem sie ohne den Einbruch der Dunkelheit abzuwarten mit dem Kerl in ihrer Kajüte untergetaucht war. Der zurückgelassenen Hanne blieben nur noch Spekulationen über ein immer offensichtlicher werdendes Alkoholproblem bei der Freundin und die Hoffnung, dass diese sich bei der Sache nicht auch noch etwas einfing.

So war die Lage eben und der Suse anscheinend nicht zu helfen. Aber ach, es ging ihnen doch beiden im Grunde ganz gut hier. Hanne musste darüber schmunzeln, wie ihr auf dieser Fahrt – trotz oder wegen des Weingenusses - etwas glückte, was ihr sonst bekanntermaßen noch nie gelungen war.

Ihr Gehirn speicherte plötzlich das ganze mitgeteilte Wissen und rückte es später mühelos wieder heraus. So konnte sie beispielsweise geradezu herunterbeten, dass die Quelle der Mosel in den französischen Vogesen lag. Und dass „La Moselle", wie sie dort (und fortan auch von Hanne) genannt wurde, als weit und breit einziger Fluss kilometermäßig rückwärts gezählt wurde und bei Kilometer null (das mochten auch Zahlenmuffel!) bei Koblenz in den Rhein fließen würde.

Bis es so weit war, waren jedoch noch etliche Moselschleifen zu durch-kurven, von denen man schon stocknüchtern einen Drehwurm kriegen konnte.

Hanne stellte sich begeistert vor, wie sie Ludwig Castro, dem ewigen Lebensabschnittsgefährten von Rita, Klausens' erster Frau, der sie vor Jahren beim Abendessen bezüglich ihrer Rheinfahrt so bloßgestellt hatte, in einem Nach-klapp über die Reise auf der Mosel spät, aber immerhin, Paroli bieten könnte. Beiläufig würde sie von der „ältesten Stadt Deutschlands", Trier, nahe Luxemburg erzählen, wo sie zugestiegen waren. Ohne Luft zu holen würde sie dann mit Bernkastel-Kues weitermachen, der Heimat eines Mathematikers namens Cusanus, um anschließend auf das weithin bekannte Traben-Trarbach zu kommen und dessen edle Rebsorten wie den Riesling oder den Müller-Thurgau erwähnen. Auch so idyllische Örtchen wie Enkirch oder Pünderich würde sie nicht vergessen. Na, dann Prost! Die Hand mit dem Weinglas darin erhoben, nickte Hanne ihrem Spiegelbild im gegenüberliegenden Kombüsen-Fenster zu und zu ihrem Erstaunen grüßte es kurz darauf sogar zurück.

Wie hatte sie den im Windschutz des Fensters platzierten und gleichfalls in einen Liegestuhl gebetteten Mann mit dem interessanten Löwenkopf übersehen können? „Zum Wohle!", rief er nun freundlich mit angenehm sonorer Stimme zu ihr herüber. „Sagt Ihnen vielleicht der Name Baldur von Schirach etwas?" - „Nein, leider nicht!" - „Das war der Reichsjugendführer! Hat die gesamte Hitlerjugend verführt, auf dass sie sich zu Tausenden noch am Kriegsende haben totschießen lassen." - „Ach so?" - „Genau so!Er selbst hat sich ja hier an der Mosel einen schönen Lebensabend gegönnt, hat sich sozusagen tot gesoffen. Und wissen Sie, was auf seinem Grabstein steht? Ich habe es mit meinen eigenen Augen gesehen." - „Nein. Was steht denn da?" - „Na, *Ich war einer von euch'* steht da, allen Ernstes! Ist das zu glauben? Dabei war ich, wie ich hier vor Ihnen sitze, selbst einer von denen. Ein hirngewaschener Hitlerjunge von vierzehn Jahren, den es zufällig verschont hat. Können Sie sich das vorstellen?"

„Ich glaube schon", antwortete Hanne unvermutet, wahrscheinlich hätte sie das als letztes von sich erwartet. „Ja, vielleicht kann ich das schon", fuhr sie fort. „Denn wissen Sie, ich bin ein Lebensborn-Kind!" - „Ach, du großer Gott!". Er verstummte für einen Moment und schüttelte dann traurig den mächtigen Schädel. „Ein Lebensborn-Kind! Ja, das ist auch so ein Schicksal. Da machen Sie auch ein Le-ben lang was mit, mein Gott. Oh, mein Gott!"

Wie um alles in der Welt kam Hanne bloß darauf, hier einem wildfremden Menschen etwas anzuver-trauen, was sie ums Verrecken sonst niemandem sa-gen konnte, noch nicht einmal oder erst recht nicht zu Hause ihrem Mann Klaus? Klaus, der ihr selbst sein Innerstes offenbart hatte und bei dem sie die Zähne einfach nicht auseinander bekam? Der bis heute nichts hatte darüber erfahren dürfen, dass sie sich quasi als Analphabetin durchs Leben schlug – und der sie genau deswegen der Suse regelmäßig ihre Bücher klaute.

Na ja, nicht direkt klaute... - aber wenn Suse ein Buch ausgelesen und sich langatmig und unter vielen Ab-schweifungen über den Inhalt ausgelassen hatte (mit der Suse'schen Besonderheit, dass ihr sämtliche Mit-wirkenden in der Regel äußerst lebensmüde vorka-men), konnte sie es ja nicht mehr brauchen und Han-ne es sich später gut gerüstet zu Hause auf den Nachttisch legen.

Klaus hatte schließlich bei sich dort immer ein dickes, zunehmend zerfleddertes und mit Anmerkungen gespicktes Exemplar zu liegen, aus dem er jede Menge Anregung bezog, warum sollte das denn bei ihr anders sein? Sie las dann eben vornehmlich mittags, was war schon dabei? Einzig unerträglich blieb ihr die Vorstellung, dass er die Wahrheit über sie herausbekam. Wie sicher war es denn, dass er, dieser unverhoffte Glückstreffer in ihrem Leben, weiter mit ihr zusammenleben wollte, wenn er merkte, was für eine Null sie war, was für eine Versagerin, die ihn auch noch die ganze Zeit hinterging? Nein, sie war doch nicht verrückt. Hanne zog die Decke fester um sich.

„Ach, übrigens... angenehm. Gestatten Sie...", sagte ihr Gegenüber auf dem Schiff, deutete ein Sich-erheben und eine kleine Verbeugung an, nannte einen Namen (den Hanne nicht verstand) und erwähnte seinen Beruf als Psychiater. *Du lieber Gott*, kam Hanne nicht umhin zu denken. Mit dem Schicksal von Lebensborn-Kindern kannte er sich durch eine wissenschaftliche Arbeit aus, die ein bekannter Münchner Professor zu dem Thema verfasst hatte, guter Freund von ihm, aha, aha, so-so, hm-hm.

Seinen Erläuterungen konnte sie kaum folgen, dafür schaute Hanne ihn sich nun genauer an, wenn auch vernebelt von dem ganzen Wein und so unauffällig, wie es eben ging. Auf Ende siebzig schätzte sie den Mann. Jünger wirkte er nicht, aber auf eine ungemein gepflegte Weise antik mit seinem langen, silbrig weißen, zurückgekämmten Haarschopf, der kantigen Stirn und dem überraschend sanften Blick darunter, während Nase und Kinn wieder scharf aus dem Gesicht hervorsprangen. Einen Charakterkopf hätte man das früher genannt, dachte Hanne bei sich und fühlte sich dem Herrn – war es bloß der Wein? - auf einmal seltsam verbunden.

~

Mit einem fürchterlichen Kater und dem Magen voll mit Kopfschmerztabletten (die hoffentlich drin blieben und bald ihre Wirkung taten) quälte sich Hanne am nächsten Morgen zum Frühstücksbuffet.

Was sie dort wollte, war ihr selbst unklar, essen oder trinken konnte sie jedenfalls nichts. Irgendwann tauchte eine leichenfahle Suse auf, anscheinend aber nur, um hinter ihrer Sonnenbrille mit den fast schwarzen Gläsern hervor zu schimpfen. Schuld an dem Desaster der vergangenen Nacht war einzig ihr Mann, der schon lange etwas mit seiner Sekretärin am Laufen hatte, so viel war sicher, behauptete sie. Denn Suse war ja nicht so blöd zu glauben, dass irgendein Mensch auf der Welt im Leben angeblich so dermaßen viel arbeitete.

Belege für ihre Annahme gab es natürlich nicht. Dafür ließ sich die eigentliche Katastrophe in Suses Dasein derzeit klar beweisen. In Form des Kindes nämlich, das ihre Tochter Claire erst kürzlich zur Welt gebracht hatte.

In den achtzehn Jahren ihrer vollkommen perspektivlosen Beziehung hatte Claire niemals etwas in dieser Art in Betracht gezogen und von jeher schwer übergewichtig hatte sie lange nichts von einer Schwangerschaft bemerkt und ihre ahnungslose Mutter damit gleichsam überfallen. Mittlerweile war Claire verheiratet und von zu Hause ausgezogen. Anscheinend völlig unverzeihlich aber war eigentlich die Tatsache, dass sie Suse mit einem Schlag zur *Großmutter* gemacht hatte.

Unter Suses Gezeter hielt sich Hanne die ganze Zeit über mit schmerzverzerrtem Gesicht den Kopf und äußerte schließlich mit schwacher Stimme den Einwand, ein gesundes Enkelkind sei doch aber auch ein Grund zur Freude. Dem hatte Suse nichts hinzuzufügen.

Da heute keiner von ihnen nach dem täglich anstehenden Landbesuch zumute war, kehrte Suse schnurstracks in ihre Kabine zurück und ließ Hanne wieder einmal sitzen. Allerdings nicht ohne dass der die Ohren klangen von den ausgestoßenen Drohungen. Müsste sich Suse nur noch einen einzigen gottverdammten Weinberg anschauen oder noch ein Fachwerkhaus oder eine weitere alberne Skulptur aus Weinflaschen - sie nähme nur noch ihre Beine in die Hand und würde rennen, rennen, rennen. Da würde ich glatt mitmachen, dachte Hanne, wenn sich dadurch nur ein einziges Problem lösen ließe.

Erneut auf sich gestellt kam Hanne nun die vergangene Nacht wieder in den Sinn. Sie hatte sie zweifelsfrei mit dem Psychiater verbracht, erinnerte sich jedoch an rein gar nichts. Das einzige, was ihr Gedächtnis messerscharf funkte, waren unzählige Versuche, den Namen der Stadt Traben-Trarbach noch klar auszusprechen. Das hatte wohl als Beweis, die Lage noch im Griff zu haben, herhalten müssen. An eine Reaktion ihrer Begleitung darauf konnte sie sich wiederum nicht erinnern.

Durfte das alles wahr sein? Was sie auf keinen Fall durfte, war, an Klaus zu denken, Hanne schloss rasch und fest die Augen. Einen plötzlichen Tod aus schlechtem Gewissen hätte sie im Moment wohl in Kauf genommen. Auch von Schirachs Methode des kompletten Realitätsverlusts mithilfe von Spirituosen schien eine Alternative zu sein. Dabei hatte sie doch eigentlich bloß der Kette von Geheimnissen vor ihrem Mann ein weiteres hinzugefügt, keinen Deut besser als Suse. Gratulation, das hatten sie ja toll hingekriegt.

Als sie die Augen wieder öffnete, sah sie an fast derselben Stelle wie gestern den Psychiater sitzen. Eine attraktive Frau von Mitte fünfzig mit bemerkenswert vollem, dunkelblondem Haar bereitete mit gesenktem Blick gerade sorgsam eine Decke über ihm aus. Hanne konnte in ihrer Lage den Blick nicht schnell genug abwenden, so dass er auf dem Psychiater hängen blieb, der sie unverändert liebenswürdig anstrahlte. „Erlauben Sie mir eine Frage", rief er in heiterem Ton zu ihr herüber. „Sagt Ihnen der Name Baldur von Schirach möglicherweise etwas?"

Hanne hielt sich den Kopf, der nun wieder wie wild zu pochen begonnen hatte. Der Blick der Frau flog kurz zu ihr herüber und gleich wieder schuldbewusst in eine andere Richtung. „Ja ja, tut es", sagte Hanne leise und mechanisch und mehr zu sich selbst. „Wir haben da gestern schon drüber gesprochen ..."

„Das war der Reichsjugendführer!", dröhnte der Psychiater unverdrossen in ihre Richtung. „Ich, der ich hier vor Ihnen sitze, war einer von 'zigtausend Hitlerjungen, die der in den Tod geschickt hat, nur hat es mich zufällig verschont – ach!". Er machte eine wegwerfende Handbewegung. „Und wollen Sie wissen, was al-len Ernstes auf dem Grabstein dieses alten Säufers steht?". An dieser Stelle strich ihm die Frau liebevoll über das weiße Haar und sagte laut zu Hanne: „Er hat das nie verwunden, eine schlimme Wunde in seinem Leben. Es gibt gute und weniger gute Tage, heute ist scheinbar ein nicht so guter Tag. Ich bringe ihn mal zurück in seine Kabine."

Sie bückte sich und schob den Kopf unter den Arm des alten Herrn, um ihn empor zu wuchten. Hanne mochte nicht hinsehen und doch erlebte sie die Szene schmerzhaft detailgenau. Der Psychiater war ein sehr hinfälliger Löwenmann, einer, dem die Flanken unablässig zitterten. Trotzdem musste er beachtlich viel wiegen und Hannes Mitgefühl, - sie konnte sich weniger denn je erklären, wie das gestern alles vonstatten gegangen sein sollte - , verlagerte sich von ihr selbst hin zu der Frau, die mit verdrehtem Kopf weiter zu ihr sprach. „Ich schulde Ihnen glaube ich eine Erklärung", rief die unter ihren langen Haaren hervor. „Bin gleich wieder da und lade Sie zu einem Kaffee ein. In Ordnung?". Hanne konnte bloß stumm nicken und wusste gar nicht, ob die andere das überhaupt sah.

~

„Sie schulden mir gar nichts, nun wirklich nicht", sagte Hanne zu der Frau, die einige Zeit später mit einem Tablett und zwei dampfenden Kaffeetassen zurückkehrte. Aus der Nähe sah ihr nun lose zusammengestecktes Haar noch üppiger, seidiger und weicher aus.

Einen haltlosen, eifersüchtigen Augenblick lang überlegte Hanne, dass zwei Menschen mit so wundervollen Haaren auf dem Kopf wie der Psychiater und seine viel jüngere Frau damit doch die sichtbare Garantie für die Unverwundbarkeit ihrer Beziehung mit sich herumtrügen.

Was natürlich kolossaler Quatsch war. Hanne hatte es einfach satt, sich mit einer attraktiven, jüngeren Frau über denselben Mann auszutauschen – das hatte sie an Reinhards Seite oft genug mitgemacht und geglaubt, solcherlei Dinge ein für allemal hinter sich lassen zu können. Und nun war sie an der Situation hier auch noch so was von selber schuld.

Die daraus entstehenden Probleme ließen sich offensichtlich nicht abschütteln. „Sie müssen mich ja für verrückt halten", sagte die Frau, ganz so, als könne sie Gedanken lesen, nachdem sie beide eine Weile schweigend in ihrem Kaffee gerührt und die Frau einige Schlucke genommen hatte. Als Hanne immer noch nichts sagte, fuhr sie fort: „Wissen Sie, ich habe den Ehering an Ihrer Hand gleich gesehen und Sie machen mir nicht den Eindruck einer unglücklich verheirateten Frau, ganz anders als Ihre Begleitung."

Hanne blieb immer noch stumm, schickte aber den Blick ergeben aus dem Fenster. „Wissen Sie, mein Mann war so außerordentlich gut in seinem Beruf", sagte die Frau mit den schönen Haaren. „Er hat auch mir sehr geholfen, als ich blutjung zu ihm in Behandlung kam. So sehr, dass ich nicht mehr unterschieden habe, ob ich mich in ihn, den Mann, verliebt hatte oder in den Menschen, der mir damals buchstäblich das Leben gerettet hat.". Nach einer kurzen Pause fuhr sie fort: „Oder in beide. Er war ja auch ein Schwerenöter vor dem Herrn. Aber er hat eben diese Gabe, dass ihm ein Schicksal nicht gleichgültig ist, auch wenn er es nicht mehr lange im Gedächtnis behalten kann."

Als sie sah, wie sich Hannes Augen langsam mit Tränen füllten, legte sie ihre Hand beinahe zärtlich auf deren zitternde Finger, die sich prompt beruhigten. „Wissen Sie, was soll ich denn nun machen, mit ihm und seiner Gabe", sprach die Frau immer weiter und schaute nun selbst mit leicht zusammengekniffenen Augen aus dem Fenster. „In der Zeit, die wir hier auf dem Wasser verbringen, geht es ihm so viel besser. Es scheint ihn zu beruhigen und er kann hier vergessen, dass er alles vergisst. Und ich mache es genauso. Den Preis, den wir für unsere Ehe gezahlt haben, ist hoch, glauben Sie mir. Seine Kinder sind so alt wie ich und reden bis heute kein Wort mit mir, mit ihm auch schon lange nicht mehr. Seine Frau ist voller Gram gestorben und so lassen sie mich voller Häme mit der ganzen Pflege allein und besuchen ihn nie, obwohl er doch ihr Vater ist."

Hannes Kopf war auf den Tisch und auf die Hand der Frau auf ihrer eigenen gesunken. Die Hand der Frau war warm, sehr warm.

„Vielleicht bin ich ja auch tatsächlich böse, weil ich solche Ereignisse wie gestern zulasse," sagte die Frau noch. „Aber ich weiß doch, ich meine es gut. So kann einfach das geschehen, worauf sich mein Mann sein Leben lang gut verstanden hat und mein Eindruck ist, dass er das irgendwo auch noch begreift und sehr wohl etwas davon mitbekommt. Es ist wie ein ungeschriebener Vertrag zwischen uns, mit dem er einverstanden ist. Wissen Sie, er hilft Menschen einfach dadurch, dass er da ist. Was für ein Mensch wäre ich denn nur, wenn ich das *nicht* machen würde. Und jetzt muss ich gehen und nach ihm sehen."

Sie trank ihren Kaffee aus, sah Hanne lächelnd an, die immer noch regungslos vor ihrer unangetasteten Tasse saß und ging. Ihr Duft, der Hauch eines angenehm dezenten Parfums hing noch länger in der Luft.

~

Wieder allein hielt sich Hanne immer noch den Kopf. Jetzt war aber endgültig Schluss mit dem verfluchten Alkohol, keinen Tropfen würde sie mehr zu sich nehmen. Es wurde bereits Mittag und so langsam machte sich nagender Hunger in ihr breit. Noch der kurze, tägliche Blick auf das Mobiltelefon, ob zu Hause alles in Ordnung war. Augenblick mal, vier Anrufe in Abwesenheit …, - alle von ihrer Tochter Caroline.

Hastig tippte Hanne Caros Nummer ins Handy, die sie glücklicherweise seit langem auswendig gelernt hatte. Das war das einfachste, bevor sie sich lange in die Details des Geräts vertiefte, die sie doch nie ganz begriff. „Jaaaaa?", vernahm sie daraufhin ganz erleichtert Caros vertraute Stimme, die sich aber auch anhörte, als ob *eben nicht* alles in Ordnung war, als diese den Anruf entgegennahm. „Mami, bist duuu das?"

Diese gedehnten Sätze, geradezu schleppend und die nur mühsam hervorgebrachten Worte kamen ihr elendig vertraut vor. War sie … - ja, es klang ganz so, als ob sie … etwas getrunken hatte … . „Caro? Du hattest es ja schon ein paar Mal versucht, mich zu erreichen – was ist denn los? Ist etwas passiert?"

Ein paar Leute um sie herum wandten Hanne nun ostentativ den Rücken zu. Sie hatte in ihrer Aufregung viel zu laut gesprochen und im Gegensatz zu den Zuständen von noch vor ein paar Jahren wollte niemand mehr Handy-Telefonate mitanhören müssen. Alle hatten das scheinbar satt.

Hanne sprang auf, stieß die Glastür ins Freie auf und hoffte, dass die Leitung sie dieses Mal nicht im Stich lassen würde. Ein scharfer Wind durchwühlte ihr das Haar. „Caro? Caro, bist du noch dran? Ist alles in Ordnung bei euch?" - „Jaaaaa ... wie man's nimmt .... ich meine, neiiiin .... al-les ... in Ordnung? Ach, Mami, ich weiß doch nicht … . Niemand zu Hause außer mir … . Und du bist auch nie da ... .". Sie klang jammervoll – und nun definitiv wie jemand, der zu viel getrunken hatte.

Auf der Stelle waren Hannes Kopfschmerzen verschwunden. Sie fühlte sich wie eiskalt geduscht. Was war mit Caroline los? Sie benahm sich schon länger sonderbar, etwas lag im Grunde seit langer Zeit im argen. Andererseits war ihre Tochter inzwischen eine Frau von Mitte vierzig. War es da in Ordnung, immerfort nach der Mutter zu rufen und das nun auch noch am helllichten Tage und angetrunken? Ach, egal, Schwamm drüber, wurscht, wurscht, wurscht, - was um Himmels Willen hatte sie bloß?

Hanne fuhr sich mit der Hand über das Gesicht. „Caro, bitte, was ist denn bloß los?". Vor ihren Augen erschien plötzlich Reinhard. Reinhard mit seinem Killer-Grinsen auf dem Foto von der Todesanzeige im letzten Jahr. „Caro – hat es mit dem Papa und mir zu tun ...?". - „Jaa-haaaa, mit dem Papa, dem Papa … .". Es klang seltsam und ausgesprochen besorgniserregend. So hatte Caro noch nie zuvor geklungen. „Und auch mit dir, Mami, irgendwie … . Ja, du spielst auch deine Rolle, denke ich."

Die Angesprochene spürte, wie ihr das Wasser in die Augen schoss. Und das, wo ihr von den Tränenbächen heute schon so die Augenlider brannten, brannten wie das Höllenfeuer höchstselbst. Blieb ihr denn nie-mals gar nichts und ü-ber-haupt nichts in diesem Leben erspart? Sie merkte, wie sie sich schmerzhaft auf die Fingerknöchel biss. Doch Reinhard wollte einfach nicht vor ihren Augen verschwinden. Er drängte sich weiter auf, mit seinem höllischen Grinsen.

Dazu glaubte sie sein altes Scheiß-Gerede zu hören von der sexuellen Selbstbestimmung, die natürlich auch Kinder schon hätten, das sei ihnen quasi gleich mit in die Wiege gelegt und „das könne niemand so einfach wegreden".

Eine „moderne Haltung" hatten sie das genannt, er

und seine dubiosen Weggefährten, welche sich ja eher wie Jünger benommen hatten. Eine „moderne Haltung" war das also gewesen. Und für jeden, dem dazu nur *'Ihr spinnt doch!'* einfiel, hatten sie bloß Begriffe wie „altbacken" oder „rückständig" übrig gehabt. Sie hörte jetzt deutlich, wie er in das schmutzige Gelächter seiner Kumpane eingestimmt hatte angesichts von Fotos mit nackten Kindern in eigenartigen Posen darauf.

Sie wusste noch und hatte geglaubt, sich wenigstens darauf verlassen zu können, dass er dann gewöhnlich „Na, jedem das seine!" brummte und es ihn vielleicht persönlich gar nichts anging. Sie erinnerte sich wieder an sein mehr als sonderbares Verständnis für die Bande von Perversen, die sich im Gebüsch der Berliner Halenseewiese herumtrieben. Wie er überhaupt immer jeden entschuldigte, der sich nicht im Griff gehabt hatte.

Hanne hatte doch geglaubt, sie hätte wenigstens ihre eigenen Kinder vor alldem beschützt. Als gebe es eine Grenze, und diese Grenze gelte auch für ihren verkommenen, toten Exmann. Liese fiel ihr ein, Liese, Liese, Liese! Warum bloß hatte sie nicht auf Liese gehört, damals an der Havel mit der noch ungeborenen Caroline im Bauch? Der Liese hatte der doch nie etwas vormachen können. Die kannte diese Sorte

Männer einfach viel zu gut und hatte sie doch warnen wollen, das sah sie jetzt. Das sah sie jetzt.

Ganz tief unten, zwischen all den tiefsten Empfindungen ihrer Lebenshölle in Erwartung des Allerschlimmsten, sah Hanne auf einmal wieder klar. Sie riss sich zusammen, landete passgenau in der Gegenwart und bat ihre Tochter, ihr zu sagen, was sich ereignet hatte, was der Papa ihr angetan hatte und allein ihr, oder auch … ?

„Nein, ich glaube nicht. Er stand ja wohl nicht auf Jungs", drang ihre Stimme an Hannes Ohr mit der ganzen hoffnungslosen Verletztheit der Nichtdavongekommenen darin.

Hanne versuchte, sich ihrer Tochter gegenüber die Erleichterung darüber nicht anmerken zu lassen. Und wie alt war sie gewesen, konnte sie sich noch erinnern? „So ... zwölf ... dreizehn ... . Er meinte wohl, wenn ich Brüste bekäme und die Periode ... sei ich reif dafür. Und Mami, er hat allen Ernstes gesagt, es sei besser, ich würde das durch ihn erfahren, meinen Vater, als durch irgendeinen fremden Kerl ..."

Ihre Mutter schloss die Augen, presste sie einfach ganz fest zu. Ihr war, als hielte ihr jemand eine Pistole an den Kopf und zeitgleich mit Caros Worten ganz nah an ihrem Ohr: „Mami, ich mache dir ja keinen

Vorwurf, das sollst du wissen", war ihr klar, dass sie natürlich ihren Teil der Verantwortung trug. Weil ihr bis heute nichts einfiel, wie sie sich dazu hätte bringen können, sich gegen all das zu wehren. Wie sie auch nur etwas davon jemals hätte verhindern können.

Und das, obwohl ihr Reinhard lange bevor sie geheiratet hatten, regelmäßig wehgetan, sie immerfort betrogen und ihr alles angetan hatte, was ein Mann einer Frau nur antun konnte. „Mami, es ist nur, ich hatte gestern Therapiestunde und ... das habe ich wohl nicht ganz …, hat wohl vieles wieder aufgewühlt … . Ach, Mami, du hattest sicher auch deine Gründe dafür, warum du das nicht hast sehen wollen … .". - Allerdings, *die hatte sie*! - „Mami, du solltest auch eine Therapie machen. Dafür ist es nie zu spät!"

„Ja, ich kümmere mich schon darum, mein Kleines", sagte Hanne fast mechanisch und mit müder Stimme. Und in gewisser Weise stimmte das ja auch, der Psychiater fiel ihr wieder ein. Caroline schien es ein bisschen aufzubauen. „Danke, Mami, das habe ich jetzt gebraucht. Weißt du, das verändert einen schon, so eine Therapie. Das macht etwas mit einem. Wir sind jetzt nicht mehr so manisch mit allem, weißt du. Und uns reicht jetzt auch unsere Wohnung unten in der Villa, letztens habe ich sogar ein paar ganz nette Worte mit der Simone gewechselt. Du weißt schon, dass sie schwanger ist? Ihr Freund zieht ja jetzt ein, seltsamer Typ. Aber das muss sie wissen!"

Bei diesen Worten sackte Hanne der Boden unter den Füßen endgültig weg und sie plumpste auf einen Liegestuhl. Während sie noch um Fassung rang, schwatzte Caro weiter, jetzt schon wieder ganz die alte und mit fast klarer Stimme.

Als sie auflegten, war Hanne noch elender zumute als morgens, wenn das überhaupt möglich war. Aber schlecht war ihr vor allem vor Hunger, wie sie feststellte. Sie schlurfte zurück zu ihrem Platz, ließ sich fallen und starrte den jungen Mann an, der, ein Tablett in der Hand, im selben Atemzug zu ihr sagte: „Kann ich Ihnen noch etwas bringen? Ein Glas Wein vielleicht?"

Er erinnerte sie an Flynn, ihren Lieblingsenkel. Ein paar Jahre älter, aber mit dem gleichen offenem Blick. Hanne war versucht, auch ihn zu beschützen, damit ihm nichts geschah, ihm nichts diesen offenen Blick je verstellen möge. „Oh ja, bitte das hier", Hanne zeigte auf der Karte, die er ihr hinhielt, auf die Würstchen mit irgendwas. „Dazu eine Flasche stilles Wasser, bitte. Ach ja – und einen Schnaps, wenn Sie haben". „Haben wir doch alles!", sagte der junge

Mann. Hanne nickte matt. Gut. Doch, das konnte sie jetzt brauchen.

Norddeich Mole

Schon als sie durch das Fenster des verbummelten Regionalzuges ihre Schwiegertochter Ute erspähte, wie diese mit gesenktem Kopf und schleppenden Schritten auf den Bahnsteig trat, um sie in „Norddeich Mole" (der letzten Bahnstation vor der Küste) in Empfang zu nehmen, fiel Hanne auf, wie verändert Ute wirkte.

Die hängenden Schultern, die achtlos umgeworfenen Klamotten, dazu angeklatschtes Haar unter einer unförmigen Kapuze ... – die Frau von Hannes ältestem Sohn Stefan hatte sich zwar nie groß um Äußerlich-

145

keiten gekümmert. Aber nun fügte sie sich so nahtlos in die graue Umgebung mit dem schweren, bedeckten Himmel ein, dass es Hanne regelrecht deprimierte. Deren Freude auf die paar Sommertage im Jahr 2014, die sie beide auf Utes Betreiben hin an der Nordsee verbringen wollten, drohte bereits wieder zu erlöschen, noch bevor Hanne aus dem Zug gestiegen war.

Jetzt verstand sie auf einmal, warum sie nur so verhalten ja zu diesem Kurzurlaub gesagt und Ute alles Organisatorische überlassen hatte. Sie selbst fühlte sich auch nicht gerade glänzend und ihr graute bei dem Gedanken, dass sich ihre Schwiegertochter, warum auch immer, seelische Unterstützung von ihr erhoffen könnte. Für derlei eignete sich Hanne nach eigenem Bekunden überhaupt nicht und sie verspürte auch keine Lust dazu. Leider war es nun zu spät, um dem Ganzen noch irgendwie auszuweichen.

Auch in der bestürzend langweiligen Pension, die Ute für sie beide ausgesucht hatte, war Hanne sofort unwohl und sie hätte die Sache liebend gern unter einem Vorwand wieder abgeblasen. Das Häuschen steckte in einer Reihe mit einigen anderen unmittelbar hinterm Deich in einer Art Senke fest.

Es schien niemandem außer Hanne in den Sinn zu kommen, dass sie für den Fall, dass sich die launenhafte Nordsee, sollte sie doch einmal das Riesenboll-werk von Deich vor sich überrennen wollen, denkbar schlecht gewappnet wären, weil die Bude dann um-gehend bis unter das Dach vollliefe, wenn sie nicht sogar vollends in den Fluten versänken. Ute starrte ihre Schwiegermutter empört und fassungslos an, als diese die Pensionsbetreiberin auf diese Möglichkeit ansprach. Aber nein, rief jene gezwungen fröhlich aus, man habe den Deich doch nicht umsonst so hoch gebaut, der würde schon halten, da sollten sie sich mal keine Sorgen machen und in Ruhe ihre Feri-en genießen. Dein Wort in Gottes Ohr, dachte Hanne missmutig.

Als sie am frühen Abend noch oben auf dem Deich spazieren gingen, war für Hanne das schönste daran die vielen kleinen, weißen Schafe, die an seinen Hän-gen weideten. Das Klingeln ihrer Glöckchen und die vielen „Mäh"-Rufe unterbrachen tröstlich die ge-spenstische Stille, die sonst bloß der allgegenwärtige Wind übertönte. Das Wasser hatte sich meilenweit zurückgezogen (es war Ebbe) und eine Umgebung aus Schlamm zurückgelassen, die wirkte, als befän-den sie sich auf dem Mond.

Nach einiger Zeit ließen sie sich erschöpft und durchgefroren (Hanne war für die Küste wieder mal viel zu dünn angezogen) auf eine Bank plumpsen und ehe sie es sich versah, hatte Ute die Hände über dem Kopf zusammengeschlagen und sich in Hannes Schoß geworfen, um dort in Tränen auszubrechen. Wie erstarrt tat Hanne gar nichts und bibberte unter dem schweren Schädel ihrer Schwiegertochter vor sich hin. Worauf hatte sie sich da bloß eingelassen.

Ohne den Kopf zu heben, beförderte Ute aus dem Inneren ihrer Regenjacke einen großen und sehr vollen, braunen Umschlag und hielt ihn Hanne hin. „Was ist das?", fragte die, ohne nach dem Ding zu greifen. Mit einem Aufstöhnen setzte sich Ute wieder gerade hin und holte aus dem Umschlag zahlreiche ausgedruckte Seiten hervor, die in der dauerhaften Brise flatterten, als wollten sie sich eilig davonmachen.

Zwischen den eiskalten und verkrampften Fingern ihrer Schwiegertochter nahm Hanne trübsinnig stimmende Fotos von jungen Männern und Frauen in Kriegsuniformen wahr. Bilder von düsteren Bauten in vereinsamten Landschaften, alle möglichen Schilder mit mahnenden und aufklärenden Inschriften und jede Menge mit Nazisymbolen durchsetzte Auflistungen. „Was ist das?", wiederholte sie und – *was soll das bloß?* - dachte sie. War Ute etwa verrückt geworden?

„Das", sagte ihre Schwiegertochter nun in dramatischem Tonfall, „das ist vor allem eine ganze Menge

148

Arbeit. Das kann ich dir sagen.". Auf Hannes hartnäckiges Schweigen hin fuhr sie nach einer bedeutsamen Pause fort: „Und es hat mich sehr bewegt, was man da alles erfährt. Es ist im Grunde gar nicht zu fassen. Man möchte das einfach nicht glauben. Sehr, *sehr* bewegend."

„Aha", machte Hanne, die nun doch kaum noch an sich halten konnte. „Und hat dich etwas spezielles so sehr bewegt?" - „Was meinst du?", Ute schien für einen Moment verwirrt. „Nein, über dich im einzelnen habe ich bei Lebensborn jetzt nichts herausfinden können. Das ist so gar nicht möglich, leider. Stefan sagt … ". *Ah ja!* So viel zu der Verschwiegenheit ihrer Schwiegertochter, die sich Hanne anscheinend mehr erträumt, als dass sie je existiert hatte.

Aber das interessierte sie jetzt doch. „Was sagt denn mein lieber Sohn dazu?". Ute zuckte leicht zusammen und schickte den Blick wieder über das Wasser, das offenbar nicht vorhatte, jemals zurückzukehren. „Er … er hat mich irgendwann gefragt, was ich da mache. Es ist ihm halt aufgefallen, dass ...". Na klar, dachte Hanne. Die ganze Mühe musste ja gewürdigt werden.

Wieso machte sie das denn alles bloß so aggressiv? Hanne konnte spüren, wie ihr allmählich übel wurde. War das wieder bloß der Hunger? Sie hatte schon

149

seit einer Ewigkeit nichts mehr gegessen.

„Stefan tut es natürlich auch furchtbar Leid für dich. Du bist ja immerhin seine Mutter", sagte Ute. Sie wandte Hanne nun den Kopf zu und schaute ratlos. „Aber dann hat er gemeint, dass es letztlich deine Geschichte sei. Und die solle ich mir nicht zu eigen machen, hat er gesagt. Hanne! Kannst du dir das vorstellen? Da wusste ich wirklich nicht mehr, was ich dazu noch sagen sollte. Ich habe das doch alles für dich getan! Für euch."

Jetzt war es Hanne, die mit zusammengekniffenen Augen forschend den Horizont absuchte. Nie wieder würde sie sich über Suse, die alte Spottdrossel, beklagen, so viel stand fest. Was hätte sie dafür gegeben, ihre alte Freundin jetzt hier an ihrer Seite zu haben. Und sei es nur, um miteinander aus einer mitgebrachten Flasche einen zu heben.

Das hier war ein Minenfeld der Rücksichtnahme, eines, das Hanne kaum noch aushielt. Das Bohren in ihren Gedärmen meldete sich zunehmend drängender. „Also, da hat Stefan aber doch nicht unrecht, es *ist* doch meine Sache oder etwa nicht?", brachte sie nach einer Weile mühsam hervor. „Und ehrlich gesagt – Ute! – , habe ich dich doch diesbezüglich nie um etwas gebeten … ."

Stille. Utes übergroße Augen hinter den dicken Brillengläsern starrten sie an, etwas Speichel sammelte sich vom Wind im Nu getrocknet in ihren Mundwinkeln. „Hanne, das habe ich doch alles für dich getan!", wiederholte sie hartnäckig. „Hanne, unsere Ehe steckt deswegen in der Krise, deinetwegen. Weil du dich selbst nicht darum kümmern willst. Aber das kannst du doch nicht einfach immer alles so verdrängen, das rächt sich bitter.". - Stimmt. Das tut es bereits, dachte Hanne grimmig bei sich. „Du ... du musst das endlich mal bearbeiten, Hanne. Und was du dazu brauchst und was sich da wirklich bewährt hat, ist eine Therapie!" - „Nein, Ute. Ich glaube, *du* brauchst eine Therapie!" - „Was, wieso denn bitte ich? Ich brauche überhaupt nichts!"

Sie starrten einander herausfordernd und beinahe feindselig an. Die Schafe waren weitergezogen und hatten sie mit der Stille und dem Wind allein gelassen. Nur eine Möwe begann ohrenbetäubend zu kreischen und Ute lächelte jetzt überheblich. „Nein, Hanne. Nein-nein-nein-nein, nein, nein. Nein! Das kannst du ja nicht wissen, aber das gehört selbstverständlich zu unserer psychologischen Ausbildung dazu. Eine Therapie zu machen, meine ich. Damit man später bei den Leuten ganz genau weiß, wann das nötig ist. Ich habe diesbezüglich nun wirklich genug geleistet, das wirst du mir schon glauben müssen. Hanne."

„Ja. Gut. Daran besteht ja auch nicht der leiseste Zweifel", sagte Hanne nur, damit sie endlich den Mund hielt und griff nun ihrerseits in die Innentasche ihrer Jacke. Sie beförderte ein paar Prospekte zu Tage, die sie aus der Pension mitgenommen hatte und fuhr mit dem bläulich gefrorenen Finger sehnsüchtig über die abgebildeten Fähr- und Flugstrecken.

Seit ihrer und Suses Fahrt auf der Mosel vor zwei Jahren hatte sie ihre Scheu vor dem Lesen von Prospekten verloren. Ortsnamen waren meistens leicht zu entziffern und die Routen luden zum Träumen ein oder boten willkommene Erinnerungshilfen. „Ute, was hältst du denn von einem Ausflug morgen nach Juist oder Norderney? Oder ... - oder wie wäre es, wir fliegen einfach mal nach Helgoland, das sieht doch gar nicht weit weg aus. Ich war noch nie dort! Warst du schon mal da?"

„Helgoland? Ausgerechnet du - willst – nach – Helgoland?". Ute schien keinen anderen Gesichtsausdruck mehr zu kennen als den tiefer Entrüstung. „Ach, das weißt du gar nicht?", fuhr sie dann fast genießerisch und in belehrendem Tonfall fort. „Die Nationalsozialisten haben im Krieg wirklich al-les getan, um die Insel zu vernichten. Völ-lig zu vernichten!"

„Wie denn, was denn und wozu?", Hanne schaute sie verdattert an. - „Wegsprengen! Sie haben versucht, Helgoland mit unheimlich vielen Bomben einfach aus der Gegend wegzusprengen.". Ute blickte nun so bedeutsam und unterstrich ihre Worte durch Gesten, als müsste sie einen Vortrag vor Publikum halten.

Hanne überlegte. „Waren das nicht die Briten?" - „Was waren die Briten?" - „Na, die versucht haben, die Insel zu sprengen!". Sie nickte nachdrücklich, wozu war ihr Mann schließlich Geschichtslehrer gewesen? Er konnte ganze Abende lang davon erzählen.

Und was hieß er konnte, - er tat es. Außerdem hatte sich Klaus' Familie nach dem Krieg sehr für den Erhalt der Insel eingesetzt. „Klar haben die Nazis da in unterirdischen Bunkern lauter Waffen gehortet. Da dachten die Engländer wohl, sie sprengen die Insel am besten einfach weg", sagte Hanne. „Aber weißt du, Ute - das hat ja zum Glück nicht geklappt. Helgoland steht ja noch und man könnte mal hin und sich das anschauen."

Was folgte, war ein langes Schweigen. Hanne packte

die Flyer schließlich wieder ein. Ute blickte unsicher um sich. Sie wirkte unschlüssiger denn je. Darüber hinaus hatte sie Angst vorm Fliegen. Aber hier erfrieren, das ist kein Problem, dachte Hanne.

~

„Weißt du eigentlich, dass Caroline jetzt auch eine Therapie macht?" - „Was? Wieso denn die Caroline?". Utes Kopf schnellte vor und Hanne hätte sich am liebsten auf die Zunge gebissen. Der Grog, vor dem sie im „Fährhaus" saßen, einem gehobenen Restaurant am Strand von Norddeich, das sie auf ihren Mietfahrrädern nach ein paar Kilometern endlich schnatternd vor Kälte erreicht hatten, wärmte sie und machte zugleich redselig.

Wie ärgerlich, Hanne drehte das Glas in ihren immer noch eiskalten Händen und wäre bald unter den Tisch gekrochen, um Utes stierendem Blick zu entgehen. „Na, Caro ist immerhin meine Tochter", meinte sie schließlich. „Und als meine Tochter kann man doch eine Therapie schon mal brauchen, oder etwa nicht? Was meinst denn du?"

Ute entging die Ironie in ihren Worten, wohl weil sie sich mittlerweile äußerst hungrig wieder zurückgezogen hatte, um stirnrunzelnd die Speisekarte zu studieren. Hanne machte es wie gewöhnlich kurz, -

„Was haben Sie denn an Fisch?" und unterbrach die Kellnerin bei den ersten Worten - „Ah Seezunge! Ja, die hätte ich dann gern!"

„Ausgezeichnete Wahl!", bestätigte die Servicekraft mit einem Nicken und notierte die Bestellung eifrig auf ihrem kleinen Block, während Utes Kopf wieder nach vorne geschossen kam. „Seezunge? Na, in dem Stil kommen wir nicht weit mit unserem Geld! Eine gute Scholle tut es doch auch. Und die Preise sind hier wirklich ..."

„Also die Seezunge ist wunderbar. So was von zart und kaum Gräten", sagte die Kellnerin zu ihrem Block und Hanne sagte nichts und wusste, ihr war es recht, das Geld zu verprassen, um so schneller war das hier vorbei. Sie tippte gegen ihr Glas, „Ach ja, und noch einen bitte!". - Ein knappes „Gern!" hinter sich lassend war die Kellnerin auch schon verschwunden, während Ute ihren Kopf drehte und wendete, als wüsste sie nicht, bei wem sie sich über wen zuerst beschweren sollte.

Hanne tat, als ob ihr das alles nicht auffallen würde und blickte demonstrativ lange aus dem riesigen Panoramafenster, auch wenn ihr die Lage draußen mittlerweile genauso aussichtslos erschien wie drinnen. Draußen war immer noch Ebbe. Wie hielten die Leute hier das bloß aus? Ergeben schlürfte sie in kleinen Schlucken ihren Grog.

~

Die Seezunge war mindestens so lecker wie angekündigt. Hanne badete jeden Bissen in einem Schluck Weißwein und spürte, wie das Leben allmählich in ihren Körper zurückkehrte. Sie hatte einen Damm aus unverfrorenem Genuss zwischen sich und Ute errichtet, während diese an ihrem Teeglas nippte und sich auf ihrem Tellerrand mit der Zeit die Gräten aufreihten.

Wie zur Antwort hatte Ute den dicken Recherche-Umschlag wieder mitten auf den Tisch gelegt, aber das machte Hanne nun nichts mehr aus. Sie ignorierte das Ding, das sich breit machte wie ein ungeliebtes, dickes Wurstbrot, und unterdrückte abwechselnd Anflüge von Gelächter und einen Schluckauf.

„Hanne! Ist es ... weil du höchstwahrscheinlich das Kind von Nationalsozialisten bist? Und lehnst du es deswegen ab, dich damit überhaupt zu befassen?", unternahm Ute soeben erneut Anlauf zu – ja, was schwebte ihr bloß vor, eine Art Schocktherapie? - „Hanne, dabei bist du das vielleicht gar nicht mal. Ein Kind von Nazis, meine ich. Sie haben auch manchmal polnische Kinder in die Heime gesteckt!"

156

„Ach, wirklich?". Für den Augenblick gefiel Hanne dieser Gedanke. Und er könnte erklären, wieso sie sich auf einem Treffen von Kaninchenzüchtern, zu dem sie Klaus einmal in den Osten des Landes, an die Oder nämlich, begleitet hatte, so gut und ohne viele Worte mit den zahlreich anwesenden Polen verstanden hatte. „Waren denn viele polnische Kinder in den Lebensborn-Heimen?" - „Nein, bloß ein paar!"

Na, warum machst du mir denn dann erst Mut, wenn gar nichts dran ist? - dachte Hanne und leerte ihr Glas mit einem Zug. Lebensborn-Kinder hatte es doch Tausende gegeben, wie sie von dem alten Psychiater von ihrer Reise auf der Mosel wusste. Wie wahrscheinlich schien es denn da, dass ausgerechnet sie tatsächlich polnische Eltern hatte?

Hanne schielte verstohlen zu ihrer Schwiegertochter. Ute behielt ihre Strickmütze auf und behauptete ohne Unterlass, dass es hier zog. Sie wirkte zweifellos deprimiert, aber ob ihre Schwiegertochter das nun ihren Studien zu Lebensborn verdankte oder etwas anderem, hätte wohl niemand zu sagen vermocht. Hanne schaute kurz in die Richtung des braunen Umschlags und beschloss, noch Wein nachzubestellen. „Ich bekomme die Kartoffeln sonst nicht herunter, das Ganze setzt mir doch sehr zu", lieferte sie zur Begründung und hoffte, dass sie nicht schon zu lallen anfing.

Ute zog wie erwartet ein Gesicht. Ach herrje, was versprach sie sich bloß von dem ganzen Theater? Hanne verglich den Zustand ihrer Schwiegertochter insgeheim mit dem ihrer Tante Liese, die für ihr Verständnis ja auch ihr ganzes Erwachsenenleben über an so etwas wie Schwermut gelitten hatte. Für einen Moment sah sie Liese wieder als junge Frau vor sich. Den Kopf mit der Hochfrisur in den schmalen, weißen Nacken gelegt, den Blick von den dichten, falschen Wimpern noch verschleierter, wie sie ohne zu blinzeln ihren ewigen Rauchringen hinterher schaute.

Worin bestand der Unterschied zwischen Lieses Melancholie zu Utes Stimmung? Liese hätte sich doch garantiert nichts zu Lebensborn durchgelesen, ob im Internet oder wo auch sonst. Sie hatte das ganze Grauen zeit ihres Lebens in sich getragen und wäre es wohl liebend gern irgendwann einmal losgeworden. Im Gegensatz dazu kam Hanne ihre Schwiegertochter wie ein Maulwurf vor, der tief im Schrecken anderer grub und das vielleicht im Grunde ohne die geringste Ahnung davon zu haben, worauf er sich da eigentlich einließ.

Plötzlich kam Hanne wieder in den Sinn, was sie

vorhin von der Besitzerin ihrer Pension vernommen hatte. Spürbar getroffen, aber auch schwer mitteilungsbedürftig hatte diese ihr davon erzählt, wie sich etliche Jahre zuvor eine Arztehefrau aus der Gegend bei niedrigem Wasserstand an einen Pfahl gebunden und so die Flut abgewartet hatte.

Sich auf diese Weise das Leben zu nehmen – das war die Art Verzweiflung, die Hanne sich vorstellen konnte, wenn sie an Lebensborn dachte. Sie würde Ute gegenüber nichts davon erwähnen, rasch spülte sie die Erinnerung an die grässliche Geschichte mit dem nächsten Schluck hinunter. Aber das war möglicherweise ein Punkt. Manche Sachen waren so heftig, da überhaupt dran zu rühren war im Grunde nicht empfehlenswert. Das wusste Hanne spätestens, seit ihre eigene Neugier und ihr Aufklärungswille sie zu Liese ins Pflegeheim getrieben hatten. Wenn man so wollte, war diese Erkenntnis doch so etwas wie Lieses Vermächtnis.

„Ach, weißt du, Ute - mir geht es mit diesen Ereignissen damals eigentlich wie diesen Leuten, die sich aufmachen, um ein wenig im Watt spazieren zu gehen", sagte Hanne einige Zeit später betont leichthin nach einem Schluck frischen, quirligen Mineralwassers. „Die müssen aufpassen, diese Wattwanderer. Es passiert ja genug. Wenn man sich da zu sehr ablenken lässt von Dingen, die lange her sind, die man sowieso nicht mehr ändern kann und nicht im Moment lebt, dann verpasst man leicht das Entscheidende, nämlich, dass die Flut kommt und zwar mitunter sehr schnell. Erst vorhin in der Pension kam doch wieder ein schlimmer Unfall im Radio, das haben wir doch beide mitangehört."

Sie berührte flüchtig den braunen Umschlag. „Ich finde es großartig, wie viel Arbeit du dir damit für mich gemacht hast und bei Gelegenheit werde ich mir alles gründlich zu Gemüte führen, das verspreche ich dir. Aber man kann im Leben nicht auf alles gleichzeitig aufpassen, deshalb bin ich froh und dankbar, wenn du mir überlässt, wann ich für eine Rückschau bereit bin. Und nun zum Wohl, Ute!"

Für eine Weile erörterten sie die Sache anschließend schon noch, aber ohne die scharfen Untertöne. Ob das an der Wärme, am guten Essen oder, zumindest für sie, am Alkohol lag, war Hanne vollkommen gleichgültig.

Utes Recherchen waren ja gut gemeint gewesen, davon ging sie jetzt mal aus. Und manches war ja auch spannend. Lautete Hannes Name beispielsweise nicht eigentlich Johanna? (davon gab es anscheinend einige in den Lebensborn-Listen). Johanna wie die französische Heilige, Johanna von Orléans. Und irgendwie brachte das die Kirche ins Spiel.

Entlang der Würm

Ein bisschen wie ein alt gewordenes Rotkäppchen kam sich Hanne schon vor, als sie im Hochsommer des Jahres 2016 durch diesen dichten, dunklen, an majestätischen Fichten reichen Märchenwald streifte, immer an dem quirligen, grünen Flüsschen, der Würm, entlang. Der Fluss war in der Gegenrichtung zu ihr unterwegs und gluckste und gurgelte beständig vor sich hin, was sie an eine eilige, etwas geschwätzige Wandergruppe erinnerte.

Obwohl sie tatsächlich hin und wieder jemandem begegnete, sah die Gegend so aus, als würde sie an der

nächsten Ecke von einem sich liebenswürdig geben-
den Wolf erwartet, vielleicht sang sie deshalb so inbrünstig Kinderlieder vor sich hin. Keine Lieder, die
ihr als Kind von jemandem vorgesungen worden
wären (das hatte niemand getan), sondern solche, die
sie auf Kassette ihren eigenen Kindern vorgespielt
hatte und für deren Kenntnis sie jetzt dankbar war,
während sie ihr einst den letzten Nerv geraubt hatten. Sich kindlich zu geben und zu fühlen passte zu
dem, was Hanne vorhatte.

Zwar staubte Utes dicker, brauner Umschlag mit den
ganzen Lebensborn-Recherchen in einer Ecke des
Hauses genauso unbenutzt vor sich hin wie das
meiste dort, doch hatte sich Hanne mit dem Thema
durchaus beschäftigt. Sie ging es auf eine Weise an,
mit der sie schon häufiger in ihrem Leben erfolgreich
gewesen war, nämlich indem sie einfach ein paar
Mal zum Telefonhörer griff, in diesem Fall genauer
gesagt zwei Mal.

Der erste Anruf richtete sich an Frau Doktor Therese
Huber aus dem Pflegeheim, in dem Liese in ihren
letzten Jahren lebte. Die Leiterin hatte sich gut an
Hanne erinnern können, sehr herzlich reagiert und
ihr alle Kopien von Lieses Unterlagen bezüglich Lebensborn zukommen lassen. Wie legal das war, hatten sie beide nicht erörtert.

Bei diesen Unterlagen hatte sich ein recht formloses Blatt gefunden, das Liese 1946 ein Bleiberecht im Heim gegen Auflagen wie Arbeitsdienst und Beachtung der Hausordnung einräumte. Es kam nicht oft vor, dass sich Hanne einem Schriftstück ausführlich widmete, doch hier hatte sie eine Zeitlang regelrecht darüber gebrütet. Ihren Mann Klaus das nicht bemerken zu lassen, war nicht weiter schwer, er verbrachte viel Zeit im Gartenhaus bei seinen Kaninchen und war so voller Vertrauen wie eh und je.

Das Schreiben war nicht nur denkbar knapp gehalten (das hätte Hanne nicht gestört), sondern auch gegenüber einem jungen Mädchen, das nicht wusste wohin, in einem geradezu herablassenden Tonfall verfasst, fand sie. Unterzeichnet fand sie es von einer *Generaloberin* – das war offenbar tatsächlich ein Rang, den diese Frau in ihrem kirchlichen Orden bekleidete und als solche erinnerte man sich nicht bloß an *Schwester Franziska*, als Hanne dort anrief und konnte ihr darüber hinaus sogar mitteilen, dass sie noch lebte und zwar im Würmtal nahe Leutstetten, südlich von München und auch nicht allzu weit von Steinhöring, der Stätte ihres einstigen Wirkens, entfernt.

Schwester Franziska, der Name, der gefallen war, während die verwirrte Liese versucht hatte, Hanne zu erwürgen, war also nicht der Name einer Krankenschwester, sondern bezeichnete eine Ordensfrau, die wie viele Angehörige der Kirche mit der Pflege der Heimkinder vor oder nach Kriegsende (das erfuhr Hanne nicht) betraut worden war.

Bei ihrem Anruf in dem kirchlichen Amt bediente sich Hanne der ganzen, professionellen Freundlichkeit, die ihr Berufsleben sie gelehrt hatte und nannte darüber hinaus den Namen *von Hardenbeck* besonders langsam und ausdrücklich. Dabei ging sie in ihrer Vorstellungskraft so weit, sich zu fühlen wie Rita, die geschiedene, erste Ehefrau ihres Mannes Klaus, wie sie in ihren champagnerfarbenen, fließenden Gewändern, umgeben von allerlei antikem Mobiliar in ihrer Villa saß und das Kunststück fertigbrachte, alles um sich herum einschließlich ihrer eigenen Person überaus leicht, elegant und aufgeräumt wirken zu lassen.

Niemand hatte etwas anderes glauben sollen, als dass hier ein ehemaliges Waisenkind ohne jede Erinnerung, dafür aber mit sehr viel Glück im späteren Leben den kirchlichen Vertretern von einst für die genossene Fürsorge Dank sagen wollte – und diese Rechnung ging komplikationslos auf, bis dahin, dass ihr eine Frauenstimme schließlich eine Adresse durchgab. Auf beiden Seiten der Leitung herrschte Ergriffenheit darüber, dass nach der unglaublich langen Zeit, die das alles her war, noch die Möglichkeit bestand, sich schriftlich zu bedanken, von etwas anderem war nicht die Rede.

Ob Hanne geahnt hatte, dass die Generaloberin Franziska noch lebte? - Damit war nicht zu rechnen gewesen, sie musste doch *an die hundert Jahre alt* sein inzwischen.

Als sie nach dem Anruf mit vor Aufregung dunkelroten Backen ihr Band zurückspulte, um sich die Aufzeichnung des Gesprächs anzuhören und sich dabei fast in den Erklärungen der Dame zu konfessionellen Angelegenheiten und kirchlichen Hierarchien, denen alle Beteiligten unterlagen, verlor, verstand Hanne zwar nach wie vor kein Wort, konnte es aber kaum fassen, wie folgerichtig und wie in einem Traum das alles abgelaufen war.

So konnte sie sich später in aller Ruhe hinsetzen, die Adresse für sich zusammensuchen und mit einem Faltplan von Münchens Umgebung die Route planen. Den Plan hatte sie sogar noch von ihrem Ausflug nach Bayern mit ihrer Tochter Caroline und den Enkelkindern her – waren seither wirklich schon acht Jahre vergangen? Himmel, wie die Zeit davonrannte ... . Die meiste Zeit über, als sie die Tour zum Wohnhaus der Generaloberin ausarbeitete, schlug Hanne das Herz bis zum Hals.

Wen sollte sie mitnehmen? Busse fuhren in der genannten Gegend nur selten und aus einem sonderbaren, inneren Widerstand heraus wollte Hanne dort nicht in der Taxe vorfahren. Damit fiel Suse als Begleitung schon einmal aus, sie sagte ihr tränenreich ab, die Nerven machten nicht mehr mit. Für die unweigerlichen Anklagen und Beurteilungen ihrer Schwiegertochter Ute, die das Unternehmen unweigerlich mit sich führen würde, fehlten Hanne wiederum die Nerven. Ihre Tochter Caroline hätte sie erst einweihen müssen und die hätte dann sofort das Ruder übernehmen wollen. Auch das kam nicht in Frage.

Blieben noch ihre Adoptivschwester Evelyn Halske mit Dackel Petri.

Evelyn sagte auf der Stelle zu. Froh, gefragt worden zu sein, und darüber richtiggehend ausgelassen, zeigte sie sich für abenteuerliche Vorhaben wie dieses erstaunlich offen. An Mut fehlte es nicht, sehr wohl aber an Kondition. Hannes Adoptivschwester sank ächzend im nächstgelegenen Biergarten auf eine kissenbestückte Bank im Schatten, verwies auf den angeschlossenen Gasthof, falls man über Nacht bleiben müsste und versprach, Hanne mental zur Seite zu stehen und am Mobiltelefon die Lage zu überwachen. Ihr in die Jahre gekommener Hund bellte kurz und erleichtert auf, um anschließend an ihrer Seite niederzusacken. Petri, tatsächlich das verständigste Tier, dem Hanne je begegnet war, wusste trotz silbergrauem Altersschleier über dem dunklen Hundeblick ganz genau, wo er hingehörte. Beneidenswert fand Hanne das und so war sie nun ganz alleine von dieser Basisstation aus losgelaufen.

~

Sie hatte schon länger keine Menschenseele mehr gesehen und Hanne war es während ihres Marsches heiß geworden, als sie in einem Augenblick der Rast über dem schäumenden Flusswasser ein Insekt bemerkte, das senkrecht in der Luft stand wie eine Erscheinung. Hinter einem elfenhaft schlanken Leib erblickte sie ein zartes, fast durchsichtiges und spitz zulaufendes Flügelpaar, lange Borsten bildeten eine wellige Schleppe.

Schneller als Hannes menschliches Auge zu erfassen in der Lage war, was geschah, wurde der winzige Leib von einer faustgroßen Libelle fortgerissen und der nächste schmerzliche Eindruck bei Hanne blieb der, dass ihr Erkennen der filigranen Gestalt über dem Wasser auch schon ein Abschied gewesen war.

Tief bekümmert setzte sie ihren Weg fort. Jeder Strauch, jedes vorüber huschende kleine Tier schien sie nun zu fragen, was sie denn hier eigentlich suche auf ihrem Weg zu dieser Großmutter, die einer echten Oma so wenig ähnelte, wie es nur ging, sah man einmal vom Alter ab.

Hätte sie am liebsten einem wartenden Wolfsrudel den Weg zu der alten Frau gewiesen? Sollte Schwester Franziska gefressen werden und in Räuberbäuchen Buße tun? Wollte Hanne, das Lebensborn-Kind, das unter ihr gelitten hatte, Rache nehmen und das gewissermaßen für Liese gleich mit? Als sie sich das in der Einsamkeit hier fragte, erhielt Hanne merkwürdigerweise keine Antwort, so als erschiene sie sich selbst fremd geworden oder mit einem Mal nicht einmal mehr recht anwesend. Auch wollte ihr kein Lied mehr einfallen und sie lief einfach stumm und wie ferngesteuert weiter, die ganze Zeit am schäumenden Flüsschen entlang. Es ging nun ein wenig bergan, der Weg begann mühselig zu werden. Ihr kam das Erdreich auf einmal gefährlich nahe und sie stapfte leise keuchend auf seltsam unbeholfenen Kinderbeinchen voran.

Zudem beschlich sie nun auch noch das Gefühl, nicht länger allein unterwegs zu sein. Das war ihr so dermaßen unheimlich, dass sie nicht mehr wagte, sich umzublicken und den Blick weiter starr auf den halben Meter Weg vor sich gerichtet hielt, auf den sie als nächstes den Fuß setzen würde. Und doch spürte sie, wie sich hinter ihr immer mehr kleine Menschen sammelten, offenbar Kinder, um genau zu sein, die dasselbe taten wie sie, mit demselben Ziel wie sie, ja, es schien fast, als ob sie hinter ihr herliefen. Keiner sprach, niemand nahm Kontakt auf, sie waren einfach plötzlich da, so wie sie um sie herum gewesen sein mussten, als sie nichts miteinander teilten als ihr gemeinsames Schicksal.

Während die mächtigen Bäume schweigend tausendfaches Leid an ihren Stämmen vorüberziehen ließen, bewegte sich Hanne an der Spitze des Trosses nun von dem aufgeregt und warnend murmelnden Fluss weg tiefer in den Wald hinein und begriff dabei ganz allmählich, dass sie selbst möglicherweise noch nicht einmal aus freien Stücken hier war.

Vielleicht hatte sie sich deshalb keinen Satz überlegt, um ihn der Generaloberin zu sagen und auch aus diesem Grund keinen Brief an sie geschrieben.

War es möglich, dass sich hier eine Phantasie fiebrig entzündete, welche sie und die anderen Kinder wie Schatten auf Gräbern tanzen ließ? An dem etwas wie ein düsteres Echo anklang, ein Abgesang dessen, was einmal als verständlichstes Gefühl der Welt begonnen haben mochte? Als das Gefühl, dass die eigenen Kinder die schönsten waren und man ihnen die

Welt zu Füßen legen wollte?

Dazu brauchte es nun aber sehr viele Kinder und so war der Traum eines Goebbels oder Göring oder Himmler (es schien absurd, doch konnte Hanne die Herren nie auseinander halten und sich merken, wer nun der geistige Ziehvater des Lebensborn-Projektes war, obwohl ihn ihre Schwiegertochter Ute ständig erwähnt hatte) zu einem veritablen Goldrausch verkommen. Wo für immer mehr Glanz im Vordergrund sich hinten in Massen der menschliche Dreck und so viel Qual angesammelt hatten.

Hanne drückte etwas schwer in den Rücken. Sie ahnte, dass es der Leuchter war. Der Leuchter, von dem Ute ihr erzählt hatte, das Insassen von Konzentrationslagern die Dinger geschmiedet hatten, quasi als Willkommensgeschenke für die Lebensborn-Kinder. Warum trug sie den ihren denn jetzt bei sich, Evelyn hatte ihn doch über das Internet verscheuert.

Aber irgendwie machte es Sinn – der Leuchter war zweifellos ein besseres Argument als jedes Wort, das ihr eingefallen wäre. Hanne verstand und fand das nun auch nicht mehr seltsamer als alles andere hier. Vielleicht musste sie den Leuchter bei der Alten aus irgendeinem Grund einfach abgeben und so schleppte sie das Ding mit zusammengebissenen Zähnen eben mit. Es wurde allmählich richtig mühsam.

Als der Wald sie endlich freigab, konnte sie das Haus sehen. Es stand alleine am Hang und schaute von unten her gesehen viel größer aus, als es wohl tatsächlich war. Es sah ein bisschen aus wie diese Häuser in den Bergen, die man Hütte nannte, obwohl sie fest gebaut waren, Häuser aus Stein, wenn auch schmuckloser. Hinter der Anhöhe lag ein kleiner Ort, das wusste Hanne von dem Faltplan her, aber von hier aus betrachtet wirkten Haus und Gegend auffallend einsam.

Auf den winzigen Balkon war nun eine Gestalt getreten, das musste die Generaloberin sein. Hanne hätte sich am liebsten die Augen gerieben, sah aber geistesgegenwärtig davon ab, weil ihre Hände so schmutzig waren.

Aber konnte es sein, dass diese hochaufgerichtete Frau dort hundert Jahre alt war? Kerzengerade stand sie dort und schaute Hanne von oben herab entgegen. Konnte man mit hundert noch so aussehen? Diese Frau war in der Lage dazu. Sie erschien von geradezu unwirklicher Schönheit, tatsächlich überirdisch und wie ein Engel, an dem ungerechterweise auch noch *alles schön* war. Die Haltung des schlanken Frauenkörpers, die vollendete Linie ihres Halses, über dem sich das helle Oval eines seelenvollen Gesichts erhob, umgeben von seidenweißem, noch immer gelocktem Haar. Selbst die Knochen, die sich aufgrund des Alters unter ihrer Haut abzeichneten, störten nicht, weil sie sich nahtlos in das Gesamtbild einfügten und feine, edle Proportionen entblößten. Es war zum Verrücktwerden.

„Was will sie hier? Sie hätte nicht zu kommen brauchen." - Der Wind trug Hanne diese Worte der alten Ordensfrau zu und sie blieb verblüfft stehen, um zu realisieren, dass sie selbst anscheinend mit diesen sonderbaren Sätzen gemeint war.

Welch eine Distanz dadurch doch zwischen ihnen offenbar wurde! Auf der einen Seite stand gleichsam ein Engel. Auf der anderen sie, Hanne, in den Augen dieser Frau offenbar nicht mehr als ein Tier, welches sie noch nicht einmal direkt ansprechen wollte. Hannes Wangen hatten heftig zu brennen begonnen.

Spätestens jetzt war klar, dass sie nicht gekommen war, um Seite an Seite mit dieser Person eine Tasse Tee zu trinken. Sie würden sich nicht gemeinsam über Namenslisten beugen und Hanne auch kein Nazizertifikat geräuschvoll zerreißen lassen. Wie die Gekommene auf einen Schlag verstand, waren menschliche Werte oder Gott für diese Ordensfrau seit langem nicht mehr wichtig und möglicherweise waren sie das auch nie gewesen. Ihre Stellung stand seit unendlich vielen Jahren niet- und nagelfest, denn

Gott fraß ihr aus der Hand. Er konnte ihr nicht das Wasser reichen, wie auch niemand sonst von dieser Welt. Sollte diese Ansicht einmal schwanken, so reichten glatte Flächen aus, die dieser Schwester das eigene Antlitz spiegelten und zu Zeugen dessen wurden, wie die Dinge standen. Auf eine gewisse Weise war das sogar äußerst nachvollziehbar.

Nun, wenn sie für dieses Wesen bis heute keinen Menschen darstellte, bitte sehr - dann wollte sich Hanne jetzt einmal auf ihre tierischen Instinkte besinnen. Damit erkannte sie sofort, dass die andere *eines nicht* war, nämlich mit Sicherheit kein Muttertier. Diese vollkommene Gestalt vor ihr hatte nicht bloß etwas Unberührbares, sondern auch etwas vollkommen Unberührtes.

Vielleicht war sie ihren eigenen, hohen Ansprüchen erlegen oder sie hatte einfach Angst gehabt und es deshalb vermieden, sich jemals auf Gedeih und Verderb einem anderen Körper hinzugeben. „Es sind die Täter", dachte Hanne und wieder kam sie sich dabei selbst so fremd vor. Sie konnte beobachten, wie sie sich langsam wieder in Bewegung setzte und beharrlich weiter auf das Haus zuging. „Irgendwann sind es nur noch die Täter, die sich fürchten!", taktete es ihr währenddessen durch den Schädel.

Wer sagte das und war sie eigentlich noch Hanne?

Oder wurde sie statt dessen als düstere Fata Morgana vom Grausen dieses Wesens angezogen? Hanne von Hardenbeck hätte es im Leben nicht zu sagen vermocht.

„Sie hätte sich nicht auf den Weg machen müssen. *Sei sie doch froh zu leben … zu leben … zu leben!"*, rief die Frau nun erregt und mit heller Stimme von ihrem Balkon zu ihr hinunter. *„Es wurde ja so viel betrogen … viel betrogen … viel betrogen!"*

Hanne schüttelte sich und stand dann abermals kurz still. Waren sie hier schon so weit in den Bergen, dass ein Echo hörbar wurde? Wahrscheinlich hallten die Worte in ihrem Kopf bloß nach, vielleicht weil sie deren Inhalt kaum fassen konnte und in ihrem Inneren heftig erschrak.

Was sollten denn das bedeuten, es sei ja so viel betrogen worden? Wie Hanne äußerst schmerzlich bewusst wurde, konnte offensichtlich kein Erwachsener je einer Kinderseele gerecht werden. Kein Mann, keine Frau, keine Bezugsperson. Doch konnte es sein, dass sich an diesem Ort jemand buchstäblich bis in alle Ewigkeit derart schäbig herausredete, indem er seine Schützlinge von einst, die er zu beschützen hatte, dies aber nicht tat, einfach als wertlos einstufte? Sie als unwert betrachtete und sie es damit gar nicht verdient hatten, beschützt zu werden? Also wenn das ein Grund war, aus dem sie heute hier sein sollte – dann war Hanne bereit.

Aber was konnte sie denn bloß tun? Am Fuß der Treppe angekommen, die bis zur Haustür führte, war Hanne so klein geworden, dass sie bloß mit fuchtelnden Ärmchen die untersten Stufen zu fassen bekam.

Sie merkte, wie sie von all der Anstrengung, die sie dies kostete, bereits entsetzlich roch und konnte vor lauter Tränen, die ihr die Wangen hinunter liefen, kaum noch etwas sehen, während die Generaloberin ihren Platz auf dem Balkon mittlerweile verlassen, heruntergekommen und die Haustür aufgerissen hatte. Nun stand sie turmhoch über ihr und es schien sonnenklar, wer hier noch etwas auszurichten vermochte und wer hilflos weiter sich selbst überlassen blieb.

Der Blick der Generaloberin wanderte strahlend gen Himmel. „Sieht sie es denn nicht?", rief sie nun verzückt. „Ich bin doch längst schon ohne jeden Aufenthalt auf dem Weg zu meinem Herrn!"

In ihr triumphierendes, ja hasserfülltes Gelächter hinein hatte Hanne all ihre verbliebene Kraft zusammengenommen und schrie, so laut es ihr noch möglich war, zurück. „Es sei denn...", - und dunkel und voll erklang auf einmal ihre Stimme, wie von einem vielstimmigen Chor getragen. „Es sei denn, *der Weg zu Gott führt durch die Herzen der Menschen.“*

~

Etwas war danach leichter, deutlich leichter, obwohl sie rechtschaffen müde war und viel dafür gegeben hätte, jetzt duschen zu können.

Sie saß schließlich wieder im Biergarten und schaute abwechselnd in Evelyns skeptische Kulleraugen und unter den Tisch, wo sie von dem Hund sehr viel freudiger in Empfang genommen worden war als von ihrer Adoptivschwester.

Dafür dankbar kraulte Hanne Petri den kleinen Krauskopf und konnte doch kaum aufhören, darüber zu staunen, wie gut erhalten und richtig appetitlich ihre Schwester trotz ihrer über siebzig Jahre wirkte, mit einer seidigen, goldbraun getönten Haut und glänzenden, vollen und immer noch blonden Haaren. Ihre füllige Figur passte vorzüglich in die Gegend und einer Königin gleich nahm sie die huldigenden Blicke einiger, allein und schweigsam vor ihren Maßkrügen hockenden Herren entgegen, während sich ihre Stirn zunehmend kräuselte.

Hanne erzählte gerade, wie sich die Generaloberin nach ihren verzweifelten, letzten Worten auf einmal verwandelt hatte. Wie sie aus ihrer statuenhaften und alterslos schönen Erscheinung plötzlich zu einer echten Greisin mit tödlich erschreckten Augen, verzerrtem Mund und Krallenhänden geworden war, die auf dem Treppenabsatz niedersank und sich am Geländer festklammerte um dort schließlich abermals zu mutieren, bis sie die Züge eines verstörten und verlorenen, sehr kleinen Kindes angenommen hatte.

Ungläubig schloss Evelyn einen Moment lang die Augen, riss sie dann wieder auf und starrte Hanne an. „Mal ehrlich, meine Liebe, das kann man ja gar nicht glauben! Bist du sicher, dass davon irgendetwas so abgelaufen ist? Das klingt ja wie bei Harry Potter!"

Wider Willen musste Hanne lachen, weil sie ihre Schwester sofort vor sich sehen konnte, zu Hause auf dem Sofa vor dem Fernsehgerät, Petri neben sich und eine Tüte Popcorn auf dem Schoß, wie sich ihre runden Augen während einer schlaflosen Nacht in Harry Potters Welt festsaugten.

In diese Vorstellung hinein antwortete Hanne also, „Ach, glauben! Was soll man nicht alles glauben. Kann ich etwa glauben, dass ich in ein paar Monaten Urgroßmutter werde? Kannst du mir glauben, dass mir kaum etwas so unglaubwürdig vorkommt wie das?". (Maybritt, die ältere von Stefans und Utes schönen Töchtern, erwartete mit Anfang zwanzig demnächst ihr erstes Kind).

Upps – ganz dünnes Eis! Hanne merkte es gleich, als sich die Augen ihrer Adoptivschwester spontan mit Tränen füllten. So wie sie hier saßen, Petri unterm Tisch und sie, Hanne, waren sie ja alles, was Evelyn noch Familie nennen konnte und – bei aller Liebe – hier war nun wirklich keiner mit keinem verwandt. Ganz bewusst hatte Hanne deshalb sonst immer den Mund gehalten, was ihren eigenen, weiten Familienkreis anging.

„Oder nimm' hier doch diesen total leckeren Kuchen!" schwenkte sie deshalb schleunigst um, worauf sie beide auf Hannes Teller schauten, weil nur dort noch etwas davon übrig war. „Der ist doch so echt hier wie nur irgendwas!", rief Hanne auflachend aus. „Dabei hätte ich den nie so hingekriegt, ich kann überhaupt nicht backen!"

Evelyn begann, zustimmend zu schmunzeln und gab zu, nö, sie ja wohl auch nicht. „Siehst du, das meine ich", schloss Hanne gut gelaunt. „Wirklich wahr ist doch am besten das, worum sich ein Mensch freundlicherweise gekümmert hat."

Auf der Insel Mainau

Vielleicht versteht er alles – so lautete der Titel eines der Bücher, welches Suse auf ihren gemeinsamen Schiffsreisen bei sich gehabt hatte.

Hanne fehlte jegliche Erinnerung daran, wer der Verfasser oder die Verfasserin dieses Buches war oder was ihr ihre Begleiterin über dessen Inhalt erzählt haben mochte. Da war nichts und sie hatte das Buch auch später, - nachdem es Suse egal geworden war - , nicht mitgenommen wie manches andere, abgelegte Lesewerk, um es bei sich zu Hause zur Tarnung auf den Nachttisch zu legen. Bezüglich dieses Werks schien alles verloren bis auf den verheißungsvollen Titel, an den sich Hanne erinnerte und in den sie nun all ihre zittrige Hoffnung legte.

Das Wetter war strahlend schön, trocken und warm an diesem Spätsommertag desselben Jahres 2016, als ihr Mann Klaus und sie am Bodensee auf der kleinen Fähre zur Blumeninsel Mainau übersetzten. Hanne spürte sehr wohl, wie Klaus auf dem Wasser nach ihrer Hand greifen wollte und gab sie ihm nach kurzem Zögern auch, doch zitterte sie dabei so stark, dass sie sich beide wieder stumm vor Schreck und mit einem Kloß im Hals in sich selbst zurückzogen.

Außen gab es nicht den geringsten Anlass zur Unruhe. Der Bodensee war blau, glatt, ruhig und schier endlos. Die Vögel, die das Boot begleiteten, erfreuten sich scheinbar sämtlich bester Gesundheit und auch die Mitreisenden veranstalteten nur so viel Trubel, wie ihn Menschen voller Vorfreude eben ausstrahlen. Hanne konnte es nicht fassen. Sah so der Vorhof zur Hölle aus, ein letztes, großes Fest?

Ihre Angst war unbeschreiblich. Doch konnte sie so einfach nicht mehr weitermachen. Die Ereignisse wenige Wochen zuvor in Bayern hatten ihr klargemacht, dass sie doch ein Mensch war, ein Mensch wie alle anderen auch. Und als solcher mochte Hanne nicht länger das Leben eines versteckten Tieres führen, immer unterwegs im Sinne eines Geheimnisses, das es zu bewahren galt wie einen überlebenswichtigen Nussvorrat für den Winter. So etwas hatte ihr Mann Klaus ganz sicher nicht verdient, auch wenn sie ebenso sehr wusste, wie wenig er verdiente, was sie nun vorhatte. Es war vertrackt und erstmals nahm sie deutlich wahr, wie sehr ihr innerliches Zittern, das sich bereits bisweilen stark nach außen übertrug, mit all dem zusammenzuhängen schien.

Klaus von Hardenbeck war besorgt, weil ihm der Zustand seiner Frau natürlich nicht entging. Dabei hatte er sie doch mit dieser kleinen Reise aufmuntern wollen. Vor allem mit der alten Freundschaft seiner Familie zu den Bernadottes, einer dem schwedischen Königshaus verwandten Adelsfamilie, denen die Insel Mainau ja gehörte und von denen Klaus dort einen Nachfahren treffen und seine Frau damit erfreuen wollte. So hatte er sich das gedacht.

Bei Rita, seiner Ex, war dieser Plan damals voll aufgegangen. Beide hatten gemeinsam mit dem alten Grafen Lennart plaudernd die Gärten durchwandert, sich von ihm seine wunderschöne Mainau zeigen lassen und ihre fragil gewordene Liebe so kurzzeitig neu beleben können. Der alte Graf war nun seit über zehn Jahren tot (sein Konterfei wachte in einem Meer von Blumen über das Eiland), aber möglicherweise nicht seine Insel als Geheimwaffe, um Klaus' über die Jahre immer scheuer und schweigsamer gewordene zweite Ehefrau wieder zum Lächeln zu bringen.

Doch als sie anlandeten, führte sie der Weg nicht geradewegs zum Schloss, um sie beide dort anzukündigen. Hanne nahm Klaus bei der Hand und führte ihn seltsam sicher zu den alten, großen Mammutbäumen, die es dort gab, als seien diese ihre einzigen Verbündeten auf dieser Welt. Und hier holte sie nun tief Luft und erzählte ihm *alles*. Wohlgemerkt in der richtigen Reihenfolge, denn nur das ergab, so dachte sie, überhaupt den Hauch einer Chance, sich begreiflich zu machen. Es begann natürlich bei Lebensborn, diesen „Brutstätten", die bei der Bevölkerung als Waisenhäusern mit Bordellcharakter verschrien waren, in denen uneheliche, „arische" Paare Kinder bekommen und abgeben konnten. Und sie dort meistens ihrem Schicksal überlassen hatten.

Hanne erzählte weiter, wie und in welchem Zustand sie später von der Familie Halske aufgenommen worden war, wo ihr zwar Liebe begegnete, jedoch in der rohen und ungezügelten Form, wie sie wohl etlichen im Krieg geborenen Kindern zuteil wurde.

Was sie unter anderem glatt in dem Glauben aufwachsen ließ, Küchenboden würde bei seiner Fabrikation eigens aufgerauht, vorzugsweise im Bereich des Kühlschranks als eine Barriere anfallenden Drecks, um diesen für immer dort zu halten und sich bloß nicht weiter ausbreiten zu lassen. Oder dass Küchenregale speziell mit dunkler Dachpappe bedeckt würden, der in Wahrheit Staub mit über Jahrzehnte verbackenem, emporgestiegenen Fett darstellte, erzeugt von den Vormietern der Wohnung, da die Familie Halske eigentlich immer nur Fertiggerichte aufgewärmt hatte.

Wie man sich dort über ihre schulischen Leistungen freute ohne zu bemerken, dass sie nie richtig lesen und schreiben lernte. Und wie sie schließlich ihrem ersten Freund Reinhard, dem Menschen-Fischer, aufgesessen und ihm aus Bottrop nach Berlin gefolgt war.

Wo sie sich etliche Jahre lang von ihm hatte schlagen, vergewaltigen, betrügen und erniedrigen lassen, wie er ihr gemeinsames Kind missbraucht und auch die anderen malträtiert hatte, was wahrscheinlich zur Folge gehabt hatte, dass einer ihrer Söhne heute religiös geworden war und im Kloster lebte.

Dass Liese, diese Kameradin aus frühesten Kindestagen sie versucht hatte zu warnen und sie im Pflegeheim bei ihren Erinnerungen an Lebensborn fast umbrachte. Wie Hanne verzweifelt versuchte, die Reste ihres Ichs als Mensch und als Frau zusammenzuhalten und sich erst dem alten Psychiater und später dem jungen Geflüchteten anvertraute. Und wie sie diese Reste in einem tiefen Wald im Münchner Süden bei einem Ungeist schließlich wiedergefunden und für sich zusammengesetzt hatte. Und dass sie erst wieder ganz sein konnte, wenn er, die große und einzige Liebe ihres Lebens, dies alles wüsste.

~

Nicht weniger als eine ganze Welt brach dabei über den Rücken des pensionierten Geschichtslehrers herein. Beiden, Klaus und Hanne, war es, als würde es krachen und donnern und kam da nicht sogar Rauch aus seinen Ohren? Er schien erst in Staubschwaden zu verschwinden, tauchte dann schwankend daraus auf, ohne dass er Anstalten machte zu stürzen.

Jetzt gereichte ihm seine stattliche Statur zum Vorteil, die hielt was aus. Als die Luft sich wieder klärte, stand er unverändert da und Hanne begriff, dass die riesigen Bäume *seine* Verbündeten waren, denn nun konnte sie hören, wie sie zu ihm sprachen, wie sie ihn als *einen der ihren* erkannten, welche allen Stürmen trotzten und von denen ein paar sogar dem Feuer widerstanden.

Wären da nur nicht seine Augen gewesen, die den

gleichen Ausdruck hatten wie in dem Moment, als er im Garten der Villa Bugs tot aufgefunden hatte, sein Kaninchen, dass ein Nachbar umgebracht hatte, weil Klaus von Hardenbecks Tierliebe nicht in die feine Gegend passte.

In ihrem jetzigen Reihenhausgarten hielten viele Bewohner Tiere, Hühner, Gänse, Enten oder eben Karnickel. Klaus schien sich nun auch daran zu erinnern. Der schreckliche Ausdruck in seinem Gesicht wich einer gewissen Wehmut und alles, was er sagte, war: „So etwas in der Art habe ich mir schon gedacht."- Hanne hoffte währenddessen inständig, dass er damit die Lebensborn-Sache meinte.

Klaus tat nun nichts weiter, als sich die Hosen abzuklopfen und fragte, ob sie essen gehen wollten. Alles ließe sich bei einem guten Essen besser verdauen. Sie verschoben den Besuch bei den Bernadottes und fuhren mit der Fähre gleich wieder zurück ans Festland.

Dieses Mal waren sie fast die einzigen im Boot und während Klaus Hannes Hand fest drückte, schwor er, sie nie mehr allein eine Reise unternehmen zu lassen. Das wäre der einzige Schaden, den er davongetragen habe, erklärte er mit Nachdruck. Sicher sei künftig einfach sicherer.

Über die Elbe unterwegs zur Moldau

Großes lag vor den von Hardenbecks - und das erstmals über Deutschlands Grenzen hinaus. Eine Flussfahrt über Elbe und Moldau sollte es dieses Mal sein, von Berlin bis Prag in einem brandneuen Schaufelrad-Kreuzfahrtschiff, mit dessen Hilfe sich auch relativ flaches Wasser befahren ließ.

Das merkwürdig aussehende, langgezogene Ding erwartete sie bereits an einem Anlegesteg in Berlin, zu dem die Reisenden überwiegend mit Bussen befördert worden waren und es würde sie dann über die Havel bis auf die Elbe und über diese weiter zur Moldau bringen.

Die Jungfernfahrt im vergangenen Frühjahr des Jahres 2016 zu ihrem zwanzigsten Hochzeitstag hatten sie glorreich verpasst, doch nun, 2017, war es mit einem Jahr Verspätung endlich soweit. Ihr einundzwanzigster Hochzeitstag fiel ganz sicher auf ein Datum während dieser neuntägigen Reise.

Wie immer lag der Tag ein bisschen im Dunkeln, ihrer schlechten Gedächtnisse und all der verkramten Kalender und Zettel wegen. Doch auf dem Wasser ließ sich ja kaum etwas verpassen, überlegte die glückliche Hanne, die in bester Laune und hinter Klaus her eine unförmige Reisetasche mehr über den Steg schleifte als schleppte.

Flynn, ihr mittlerweile 19 Jahre alter Lieblingsenkel und Gusti, sein quietschvergnügtes, blondes Gegenstück von einer Freundin, kamen mit und waren bereits in jugendlich forschem Tempo vorausgeeilt, genau wie Hanne ihr Gepäck hinter sich her zerrend.

Zeit ließ sich eigentlich bloß Klaus, sein Schritt schien immer gemächlicher zu werden, je näher sie dem Schiff kamen. Das konnte an der künstlichen Hüfte liegen und daran, dass er dieses Jahr seinen Siebzigsten feierte – aber vielleicht musste er sich auch ein bisschen überwinden, um an Bord zu gehen.

Einige Monate war es erst her, da hatte ihn Ariela kontaktiert, die seit dem Elbunglück von 1984 totgeglaubte Tochter von Maria, der Freundin von Klaus zu jener Zeit. Sie hatte überlebt, sich aber niemals bei ihm gemeldet, weil ihre Mutter Maria bei der schrecklichen Schiffskollision umgekommen war. Das sei für Klaus kaum zu verkraften, hatte sie angenommen. Und wer weiß, vielleicht lag sie damit richtig.

Aber die überaus lebendige Frauenstimme am Telefon hatte Klaus darin bestärkt, sich wieder aufs Wasser zu wagen, doch nahm er sich dazu spürbar die Zeit, die er brauchte.

Während ihm der Schweiß zwischen den Schulterblättern hindurch den Rücken herunterrann, setzte er allmählich Schritt vor Schritt und zuckte, von Hanne ein paar Mal von hinten in den Rücken gestupst, ärgerlich zusammen. Dabei hielt ihm seine Frau schon den Rücken frei, indem sie die Reisetasche als Pufferzone gegen Nachdrängelnde nutzte. „Verzeihung!", rief sie diesen vergnügt entgegen und überhörte gekonnt die kaum unterdrückten Flüche.

Klaus drehte sich zu ihr um, empört und scheuend wie ein Pferd, das mit den Augen rollte und darüber hinaus bekam er unfreiwillig einen Lachanfall. Damit bot er der hinter ihm stehenden Hanne einen Anblick, den sie im Leben nicht vergessen würde.

Nie hatte sie ihn mehr geliebt als in diesem Moment.

~